마음의 평화

국립중앙도서관 출판시도서목록(CIP)

마음의 평화 : 집중력을 키워주는 세 번의 호흡 / 프레드 L. 밀러 지음
: 고정아 옮김. — 서울 : 나무처럼, 2005
  p. ; cm
원서명 : How to calm down : three deep breaths to peace of mind
원저자명 : Miller, Fred L.
ISBN 89-955427-1-3 03840 : ₩ 8,000

189-KDC4
158. 12-DDC21   CIP2004002262

집 중 력 을 키 워 주 는 세 번 의 호 흡

마음의 평화

프레드 L. 밀러 지음 | **고정아** 옮김

나무처럼

내가 프레드 밀러를 처음 만난 것은 10년 전이었다. 그때 우리는 잠깐 동안 이야기를 나누었는데, 나는 특히 두 가지 사실에 깊은 인상을 받았다.

하나는 그가 요가 지도자라는 점이었다. 그의 겉모습은 인도의 신비주의 수행자라기보다는 평범한 은행원 같았다.

또 하나는 그가 지닌 솔직함이었다. 그는 상투적인 질문과 대답을 주고받는 대신 필요한 말을 스스럼없이 건넸다. 그런 성격 때문에 나는 그를 곧 친구로 삼았고, 나중에는 스승으로 여기게 되었다.

이 책이 갖는 힘은 단순함에 있다. 그리고 우리가 미처 알아차리기도 전에 우리를 새로운 경지로 이끌어가는 신비로운 능력에 있다. 그래서 나는 이 책을 언제나 가까운 곳에 놓아두고 내 감정의 지평선 아래에서 어떤 고약한 폭발이 일어나려 할 때, 현재의 순간에 발을 들여놓지 못하고 자꾸만 과거나 미래로 건너가려 할 때, 내 판단의 스위치를 '반밖에 안 찬 컵'에서 '반이나 찬 컵'으로 바꿔야 한다고 느낄 때마다 읽어본다.

프레드 밀러가 이 책에서 소개하는 것은 오늘날 유행하는 간단한 심리적 처방이 아니다. 수천 년의 역사와 함께 내려온 영적(靈的) 전통의 하나다. 그런 까닭에 그의 처방은 아무리 반복해서 활용해도 빛이 바래지 않는다. 처음에 나는 이 책의 실용성과 보편성에 마음이 끌렸다.

하지만 시간이 지날수록 각각의 메시지에 깃들여 있는 따뜻한 마음이 더욱더 나를 붙잡았다. 흔히 말하는 '애정적 공감(Compassion)'이었다.

프레드 밀러의 수업을 들어보면 그가 교사로서 아주 훌륭한 자질을 지니고 있음을 알 수 있다. 그는 유머 감각과 애정적 공감으로 학생들에게 두려움을 이길 수 있도록 인도해주며, 당당한 자신감과 굳은 심지로 학생들의 의구심을 해소해준다. 그가 가지고 있는 모든 것이 학생들의 자아에 자연스럽게 녹아든다.

이 책은 지금 우리가 서 있는 자리에서 우리를 변화의

경험으로 이끌어간다. 우리는 무엇을 배웠다는 사실을 깨닫기도 전에 예전과는 다른 방식으로 세상에 반응하게 된다. 이 책을 펼치기 직전에 '미치고 팔짝 뛸 지경'이었다고 해도…….

그러니 이제 숨을 깊게 내쉬고 천천히 책장을 넘겨보기 바란다.

마크 브라이언(《예술가의 길》 저자)

10초 안에 기분을 바꾸고 싶다? 그렇다면 다음과 같은
'세 번의 심호흡' 훈련을 해보자.

숨을 들이쉰다.
그리고 내쉰다.

다시 숨을 들이쉰다. 처음보다 좀더 깊이.
그리고 천천히 숨을 내쉰다.

다시 한번 천천히 숨을 들이쉰다.
몸 속으로 숨이 들어가는 것을 느낀다.
생각하지 말고, 폐에 가득 차오르는 숨을 관찰한다.

숨을 내쉰다. 숨이 몸 밖으로 빠져나가는 것을 느끼고 관찰한다. 남김 없이 숨을 비워낸다.

기분이 괜찮지 않은가?

나 같은 부류의 사람이라면 머리말 따위는 거들떠보지도 않을 것이다. 대신 차례를 살펴보면서 과연 어느 부분에 핵심적인 내용이 있는지 찾을 것이다. 지금 당장 해답이 필요하니까! 쓸데없이 시간을 낭비하면서 '나는 캄캄한 어둠 속을 헤맸다'는 부분을 읽을 필요는 없다. 내게 필요한 건 '그러다 빛을 발견했다'는 것뿐이다.

그래서 여기에 해답을 제시했다. 여러분들은 이제 마음을 다스리는 법과 세 번의 심호흡을 이용하는 법을 알게 되었을 것이다. 이 호흡법은 실제로 언제 어디서나 효과를 발휘한다.

앞으로 24시간 동안 이 호흡법을 열 번 정도 연습해보자. 업무가 많을 때도 좋고, 기분 나쁜 전화를 받을 때좋다. 슈퍼마켓 계산대 앞에서 줄을 서 있는 동안에도, 사람 많은 차를 타거나 엘리베이터를 탔을 때도, 식당에서 음식을 주문하고 10분 넘게 기다릴 때도 좋다.

걱정할 건 아무것도 없다. 우리가 무엇을 하는지 눈치채는 사람은 없을 테니까.

프롤로그

마음 만들기 〈내 마음의 모습은 어떻게 생겼을까?〉

사람에게는 동물과 구별되는 여러 가지 특징이 있지만 그 중의 하나는 사람은 동물과 달리 지난 일을 돌아보고 반성할 줄 알며 스스로 행동을 성찰하는 것이다. 그것의 한 형태로 사람들은 대개 연말이면 사건별, 목표별로 이런저런 정리를 하며 한 해를 마감한다. 하지만 자기 내면의 마음 흐름과, 마음의 결정, 마음의 모습을 돌아보는 경우는 거의 없다. 그 이유는 평상시 우리의 마음에 대해서 별다르게 인식하지 않고 그 중요함에 대해 생각할 기회를 갖기 어렵기 때문이다. 하지만 마음을 '인간

에너지의 근원'으로 바라보고 그 마음에 관심을 기울인다면 놀라운 자기경험을 할 수 있다. 원효의 깨달음은 바로 그 마음의 힘을 깨닫는 것에서 시작했다. 해골에 담긴 물을 달콤하게 먹을 수 있는 것도, 뒤늦게 구역질을 하는 것도 다 마음에서 일어나는 변화 때문이다.

우리는 하루가 다르게 무서운 속도로 변화하는 첨단테크놀러지 시대에 살며 '국제화'라는 미명 하에 무한경쟁을 강요받고 있다. 냉정한 자본의 논리는 '효율과 이윤'의 논리로만 사람을 대할 뿐이며 경쟁력을 갖추지 못한 사람은 '인간으로서의 존엄'마저도 빼앗아 버린다.

오지에 살면서 스스로 자급자족하지 않는 한 우리는 모두 경쟁을 강요받을 수밖에 없고 특히 무원칙한 개발로 오염된 도시는 사람들에게 '여유'라는 것을 절대로 허락하지 않고 엄청난 고통과 스트레스를 안겨준다. 그렇다고 모두 도시를 탈출해 오지로 떠날 수는 없다.

이 책은 이러한 환경에서 사는 현대인들이 평화로운 마음으로 지낼 수 있도록 도와주는 훌륭한 지침서이다. '마음은 인간이 가진 에너지의 근원이다.' 아무리 정신과 육체의 기능과 조건이 뛰어나도 마음 없이는 아무것도 할 수 없다. 이 책의 지은이는 집중력을 얻기 위한 최

선의 방법으로 '마음의 평화'를 말하고 있다. 그리고 마음의 평화를 얻으면 자연스럽게 '집중력'이 좋아지고 그 집중력은 바로 놀라운 '경쟁력'이 된다고 한다.

원고라는 스트레스에 매여 있는 편집자에게 이 책은 많은 유익함과 정보를 주었고 커다란 에너지를 선물했다. 그러나 이 책을 사서 읽을 독자를 생각하면 한편 마음이 무겁다. 굳이 이 책이 필요치 않아도 되는 세상이어야 하는데 갈수록 팍팍해지는 현실은 그렇지 못해 출판사가 시장을 보고 수요를 예측해 출간을 결정했다는 것이 그리 유쾌하지 않은 이유이다. 하지만 21세기 자본주의를 사는 우리가 도시를 피하고 사람을 피하고 경쟁을 피할 수 있을까? 시간을 되돌려 원시사회로 돌아가 잉여 생산물을 갖고 다투지 않을 수 있을까?

이 책이 현대를 살아가는 많은 사람들에게 평화로운 마음을 선사할 수 있으리라 믿는다.

차 례

자리에 편안히 앉아 눈을 감고 세 번의 심호흡을 한 후

기쁨을 주는 대상을 떠올린다.

취미도 좋고, 애인도 좋고, 애완 동물도 좋다.

가능하면 맥박을 재라.

아니면 그냥 마음에 느껴지는 만족감을 관찰한다.

제1부 마음 다스리기

생각만 해도 진저리나는 곳이 있다면

회사든 병원이든 학교이든

마음 속에 그곳을 떠올린다.

그곳으로 다가간다.

마음 속에 조금씩 불편함이 커지는 것을 느낀다.

심장 박동이 빨라지고

목과 어깨가 뻣뻣해지기 시작한다.

조심조심 문을 연다.

그리고 가장 골칫거리였던 사람을 응시한다.

목 뒤의 근육이 뻐근한가? 아니면 손이 미세하게 떨리는가?

다시 한번 맥박을 재어 본다.

아까보다 빨라졌는가?

다른 생각으로 옮겨가기 전에 먼저

세 번의 심호흡을 한다.

자기만의
방법을 찾아라

특별한 일 없는 일상의 어느 날, 갑자기 혈압이 치솟고 맥박이 평소보다 빨라지다가, 순간 호흡이 멈춘다.

이런 일이 그리 낯설지 않은가? 그렇다면 이 책을 계속 읽어 나가기를 권한다.

오래 전 나는 햄버거 가게에서 일하면서 밤에 학교를 다녔다. 일 자체는 나쁘지 않았지만, 여덟 시간 동안 손님들과 이렇게 저렇게 씨름하고 나면 수업 시간에 도무지 정신을 집중할 수 없다는 게 문제였다.

퇴근하고 수업에 들어가기까지 한 시간의 여유가 있었

다. 그 시간에 나는 흥분을 가라앉히고 평상심을 되찾아야 했다. 하지만 그 방법을 알지 못했다.

하루는 잠깐 잠을 자는 방법을 시도했다가 그 날 수업을 모두 놓쳐 버렸다. 그 후 새로운 방법을 하나 발견했는데, 그것은 바로 맥주를 마시는 것이었다.

나는 학교 주차장에 차를 세워 놓고 운전석에 앉아 맥주 두 병을 단숨에 마셔 버렸다. 그리고 내 마음을 멋대로 풀어 두었다. 온갖 생각과 걱정이 머리 속에서 날뛰다가 스르르 사라졌다. 가끔씩 심호흡을 하기도 했지만, 그건 주로 맥주 때문에 배가 불러서였다. 눈을 감고 마음 속에 이런저런 장면을 떠올리기도 했다. 그냥 차가운 맥주병에 모든 신경을 집중하기도 하고, 병에 붙은 레이블을 박박 긁어 말끔하게 떼어내기도 했다.

맥주 마시는 방법은 나름대로 효과가 있었다. 우선 마음이 평온해졌다. 그 날 낮에 내 마음을 둘쑤시던 문제가 완전히 자취를 감추었다. 수업 시간 내내 선생님의 말씀이 귀에 쏙쏙 들어왔다. 덩달아 성적도 오르기 시작했다.

그러나 그렇게 한 달이 지나자 내 몸무게는 4.5킬로그램이나 늘었다. 옷이 몸에 맞지 않았고, 기분도 엉망이었다. 맥주를 계속 마실 수는 없었다. 그렇다고 달리 마음을 가라앉히는 방법이 있는 것도 아니었다.

나는 사람들에게 어떻게 하면 긴장을 풀 수 있는지 물어보기 시작했다.

라스베이거스에 가 봐. 낚시를 해 보지 그래? 데이트를 해 보라구. 사람들이 여러 가지 방법을 알려 주었지만, 그 어느 것도 직장과 학교 사이에 놓여 있는 그 한 시간을 해결해 주지는 못했다.

그들이 제시한 해법은 본인들에게는 맞는 방법인지 모르겠지만, 나에게까지 들어맞지는 않았다. 그것은 내가 오랜 시간 햄버거 가게에서 일하는 동안 이미 깨달은 것이기도 했다. 하루 종일 서서 일하다 보니 발이 너무 아팠던 나는 내 발에 맞는 신발을 찾는 데 열심이었다. 편해 보이는 신발이 눈에 뜨이면, 지체 없이 그 신발 편하냐고 물어 볼 정도였다. 그렇다고 대답하면, 나는 당장 신발 가게로 달려가서 그 신발을 찾아 신어 보았다. 하지만 그런 신발들도 내게 거북하기는 마찬가지였다.

신발에 관한 한 다른 사람들의 의견이 도움이 되지 않았던 것처럼, 긴장 해소와 관련된 일에서도 마찬가지였다.

나는 점차 내 마음 다스리기 노력을 찬찬히 관찰하기 시작했다. 맥주 마시기를 그만 둔 후에는 담배를 피워 보았다. 정확한 이유는 모르겠지만 어쨌든 도움은 되는 듯했다. 하지만 시간이 지나자 흡연도 맥주 마시기를 다른 형태로 반복한 것에 지나지 않는다는 걸 알게 되었다.

긴장 해소 방법을 탐색하기 시작했을 때, 나는 오직 마음의 평화만을 갈구했다. 나는 탈진해 있었다. 나는 쳇바퀴에 올라타 죽을 힘을 다해 뛰지만 언제나 제자리만 맴도는 햄스터였다. 내게는 휴식이 필요했다. 내가 인생을 움직이지 못하고 인생이 나를 움직이고 있었다.

그러나 나는 마침내 그 이상의 것을 발견했다. 부단한

노력의 결과였다. 긴장 해소 훈련을 하면서 인생이 함께 바뀌기 시작했다. 나는 더 이상 '안정감 결핍'에 더는 시달리지 않게 되었고, 업무 능력도 전보다 좋아졌다.

이전까지 나는 새로운 사람이나 환경에 두려움을 느낄 때가 많았다. 지금도 나는 두려움을 인간 존재의 필연적인 요소로 생각한다. 하지만 이제는 어떤 두려움도 정면으로 돌파할 수 있게 되었다. 나에 대한 믿음과 자신감이 커졌고, 그런 만큼 인생의 전망도 한층 더 '긍정적'으로 바뀌었다.

긴장 해소 훈련을 통해 나는 내 속에 깃들어 있는 깊은 평온과 만나게 되었다. 그 속으로 한 발짝 한 발짝 들어가면서 진정한 자아의 목소리를 들을 수 있었다. 그 목소리는 세상의 모든 것과, 아니 우주와 조화를 이루는 소리였다. 나는 긴장 해소를 통해 커다란 행복감과 만족감을 얻게 되었다.

그러나 그 방법 그리 쉽게 찾은 것은 아니었다. 내키지 않은 일은 좀처럼 하지 못하는 성격이라 더욱 그랬다. 신발처럼 나는 여러 가지 방법을 시도하고 실패한 끝에 마침내 내게 맞는 방법을 발견했다. 긴장 해소와 스트레스 관리에 관한 수십 권의 책을 읽고, 또 그보다 많은 세미나에 참석하면서, 어떤 아이디어는 빌리고 또 다른 아이디어는 직접 고안했다. 그런 다음 아주 효과적인 생각을 선별한 후 짧은 훈련 형태로 조합했다. 이 책에서 그 방법을 소개하려고 한다.

애인이나 배우자, 친구나 의사가 당신에게 긴장을 풀고 마음을 편하게 하라는 말을 쉴새없이 해 댄다면, 아니면 스스로 마음의 평화가 필요하다고 생각한다면, 여러분은 이 책에서 제시한 방법들 가운데 유용한 방법을 찾을 수 있을 것이다. 어쩌면 이 책을 다 읽고 나서야 비로소 긴장 해소의 필요성을 느끼게 될지도 모른다. 어쨌거나 이 책에서 소개하는 방법들은 언제 어디서나 연습할 수 있다는 것이 가장 큰 장점이다.

이제 편안한 안락 의자 하나만 있으면 평화를 품에 안을 수 있다.

훈련에 들어가기 전에, 우리가 긴장을 풀기 위해 즐겨하는 산책이나, 독서, 뜨개질 같은 취미 생활에 대해 살펴보자. 낚시나 골프를 좋아하는가? TV 스포츠 중계를 좋아하는가? 그렇다면 그런 취미들도 긴장 해소의 방편이 될 수 있다.

사람들은 자연으로 나가면 마음에 평온을 느낀다. 자연으로 나간다는 것은 산과 들로 배낭을 메고 나가는 것일 수도 있고, 뒷마당에 나가 맥주를 마시며 스테이크를 구워 먹는 일일 수도 있다. 정원을 가꾸고 수선화를 심는 일을 생각하는 사람도 있을 것이다. 중요한 것은 어떤 일이든 긴장 해소에 도움이 된다면 적극적으로 해야한다.

물론 긴장 해소의 방법이 초콜릿을 먹는 것이라면, 그래서 허리 둘레가 32인치에서 38인치로 불어나고 초콜릿 회사에 뭉칫돈을 갖다 바치는 일이라면 이야기는 달라진다. 내가 했던 맥주 해법처럼 어떤 행동은 순간적으로 긴장 해소에 도움이 되기도 하지만 궁극적으로는 건강에 해를 끼친다. 우리가 찾는 것은 건강한 방법이다.

나는 1989년에 애리조나 주와 유타 주 사이에 있는 모뉴먼트 계곡에 다녀왔다. 여행은 아주 멋진 추억이 되었다. 그것은 나보다 큰 어떤 것의 일부라는 느낌 때문이었을 수도 있고, 어쩌면 옛 서부 영화에서 본 광대한 공간과 거대한 사암층 때문이었을 수도 있고, 맑은 공기와 푸른 하늘, 흘러가는 구름 때문이었을 수도 있다.

그러나 나는 어차피 일상적인 생활로 돌아와야 했다. 그래서 그곳에서 느낀 평온함을 되찾기 위해 나만의 방법을 찾았다. 그것은 매일 밤 잠들기 전에 안락 의자에 앉아 모뉴먼트 계곡에서 가졌던 느낌을 되살리면서 긴장을 푸는 것이다. 이상하게 보일지도 모른다. 하지만 어쨌거나 내게는 효과 있는 방법이었다.

어떤 방법이 자신에게 효과를 발휘한다면, 그 사실만으로도 그 방법은 중요하다.

우리는 각자의 경험을 통해 자신만의 긴장 해소법을

찾아야 한다. 이 책에서 나는 여러 가지 긴장 해소법을 소개하겠다. 우선 그 방법을 모두 시도해 보라. 효과가 있는 것도 있고, 없는 것도 있을 것이다. 마음에 드는 것도 있고, 들지 않는 것도 있을 것이다. 그 중에서 변화를 안겨 주는 방법은 선택하고, 나머지는 버리면 된다.

훈련을 계속하다 보면 머지않아 인생이 좀 더 편안해질 것이다. 예전처럼 주변 환경에 휘둘리지 않고 오히려 그런 것들을 통제하며 살게 될 것이다.

긴장 해소에 관한 책들이 흔히 실패하는 이유가 있다. 많은 책들이 독자들에게 낯선 방법을 권유하고 있거나 "이 신발은 나한테 아주 편하니까 당신에게도 틀림없이 편할 거야". 라는 식의 일방적인 강요 때문이다.

내가 초기에 읽은 긴장 해소에 관한 책들은 주로 동아시아의 전통에 기반을 둔 것이었다. 그런 책에는 삭발을 하고 잿빛 승복을 입은 티베트 승려의 그림이 가득 실려 있었고, 의식에 쓰이는 향이나 독경 테이프가 딸려 있었다. 그런 책을 보면서 나는 '이러다가 평생 긴장을 물리

치지는 못하겠구나' 하고 생각했다. 향내는 재채기만 일
으켰고, 엄숙한 분위기는 오히려 적응력을 떨어뜨렸다.
더욱이 가부좌 자세로는 도저히 몇 시간 동안 앉아 있을
수도 없었다.

그런 와중에 인도 출신의 세계적인 요가 지도자 데시카
차르의 글과 만났고, 나는 그의 말에서 희망을 보았다.

그는 이렇게 말했다.

"인도의 긴장 해소 방식은 다른 나라 사람들에게는 맞
지 않는 경우가 많다. 각자 자기 문화와 호응하는 방법을
이용해야 한다."

그랬다. 그것은 일종의 문화 충돌이었다. 그래서 도리
어 혈압이 치솟고 맥박이 평소보다 10퍼센트 정도 빨라
지고 숨도 가빠졌던 것이다. 다행히 데시카차르를 통해
희망을 발견했다. 긴장 해소법을 터득하기 위해 힌두교
나 불교에 귀의하거나 요가 수행자가 될 필요가 없다는
사실을 깨달은 것이다.

우리가 즐겁고 쉽게 할 수 있는 연습 방법을 찾아야 한

다. 여러분은 이제 내가 터득한 여러 가지 긴장 해소법과 만나게 된다. 대부분 지루하지 않고 재미있으며 쉽게 따라 할 수 있는 방법이다. 내가 할 수 있으면 여러분도 당연히 할 수 있다. 먼저 두어 가지 방법을 시도해 보라. 적어도 하나는 마음에 들 것이다. 그러면 꾸준히 연습하고 싶은 생각도 들 것이다. 제일 중요한 것은 스스로 즐겁게 연습하는 것이다!

지금 이 순간에
집중하라

먼저 질문을 하나 하겠다.

당신은 진정으로 긴장을 물리치기 원하는가?

머리 속이 열정으로 가득하면 일이 더 잘 된다고 한다.
그러나 곰곰이 생각해 보면 꼭 그렇지만은 않다는 걸 알
수 있다. 때로는 지나친 의욕이 큰 부담을 주기도 하고,
현실적으로 일을 방해하기도 한다. 따라서 긴장 해소는
일종의 예방약이라 할 수도 있고, 굳이 그럴듯하게 표현
하자면 일종의 레이스 튜닝(카 레이스에 나서기 위해 차를
개조하는 일)이라 할 수도 있다.

스티븐 코비는 《성공하는 사람들의 일곱 가지 습관》에서 가장 중요한 습관을 맨 마지막에 소개하고 있다. 즉, '톱날을 벼려두라' 는 것이다. 자신을 언제나 최상의 상태로 유지하라는 이야기다. 이는 언제든지 레이스에 나설 수 있도록 차를 튜닝해 두라는 말로도 해석할 수 있다.

이러한 집중을 통해 우리는 코비의 다른 두 가지 습관도 실행할 수 있다. 하나는 '중요한 일부터 먼저 하라' 는 것이다. 여기서 중요한 일이란 자신을 돌보아 최상의 상태로 유지하라는 뜻이다. 다른 하나는 '앞서서 주도하라' 는 것이다. 과로가 심신을 고갈시키기 전에 우리는 미리 정신적인 레이스 튜닝 프로그램을 설치해 두어야 한다.

그러면 어떻게 해야 할까? 순간에 집중하라. 무엇을 하는지는 그리 중요하지 않다. 케이크에 크림을 바를 수도 있고, 벽에 그림을 걸 수도 있다. 중요한 것은 그 일에 집중해야 한다. 그러나 방심하고 있다면 케이크 대신 고양이에게 크림을 바를 수도 있고, 망치를 엄지손가락에 내리칠 수도 있다.

숲을 산책하고 있다면 굳이 긴장 해소법을 배울 필요는 없다. 이미 순간 순간에 집중하고 있기 때문이다. 하지만 낚시나 캠핑을 갔다고 생각해 보라. 마음이 부산해질 것이다. 전날 낚싯대를 드리웠던 호숫가나 다음 날 저녁 텐트를 치고 싶은 냇가로 마음이 자꾸 쏠리고 있다면, 그 마음을 지금 서 있는 곳으로 다시 불러와 붙들어매야 한다. 우리 마음이 계속해서 어제 일을 되새기거나 내일일을 계획한다면 그 마음을 현재의 순간으로 끌고 와야한다. 온 힘을 다해 지금 이 순간으로 마음을 집중해야한다.

숲에 갈 수만 있다면, 무엇 때문에 가는지는 중요하지않다. 사냥꾼이든 사진가든 숲에서는 누구나 긴장을 풀고 쉴 수 있다. 숲에 있는 것은 그 자체가 긴장 해소다. 19세기 말의 박물학자 존 무어도 "우주로 가는 가장 확실한 길은 숲으로 뚫려 있다"고 말했다.

숲은 우리의 목적이 무엇이든 신경 쓰지 않는다. 나무는 결코 차별하는 법이 없다.

아침 7시 55분에 정류장에 나가서 버스를 기다린다고 생각해보자. 어느덧 20분이 흘러 8시 15분이 되었다. 그런데도 버스가 오지 않고 있다면, 어제 아침 늦잠을 자서 허둥대던 일이 떠오를 수도 있고, 잠시 후 지각해서 눈총 받을 일이 생각날 수도 있다. 하지만 그런 생각이 무슨 소용 있겠는가? 버스는 아직 오지 않고 있는데…….

흥미롭게도 사람은 하루에 6만 가지 이상을 생각할 수 있다고 한다. 그런데 더 재미있는 것은 90퍼센트 이상이 전날과 똑같은 내용이라는 것이다. 과거를 반복적으로 되새기는 동안 우리는 똑같은 근심과 두려움 속에 갇히게 된다. 그러나 지금 이 순간 일어나는 일에 생각과 마음을 집중할 수 있다면 근심과 두려움에서 벗어날 수 있다.

그렇다. 작은 돛배를 타고 항해한다면, 다른 생각을 모두 버리고 오직 바람과 조수, 항로에만 집중해야 한다. 항해하는 동안에는 항해보다 더 중요한 일은 없다. 배를 몰고 가면서 비 새는 집을 걱정한다면 어떻게 제대로 뱃길을 잡아나갈 수 있겠는가? 그렇게 해서는 긴장이 해소될 리도 만무하다.

요리하는 것을 좋아하는가? 요리 역시 정신을 집중하는 일이다. 요리할 때 재료를 썰거나 뒤섞는 일에만 집중한 적이 있는가?.

정원 가꾸기도 정신을 집중하는 일이다. 5분만 일해야지 하고 정원에 들어갔다가 한 시간을 훌쩍 넘겨 버린 경험이 있을 것이다. 그 시간 동안 우리는 걱정을 잊고 흙과 꽃과 나무만을 생각한다. 정원에 물을 줄 때 의무감 같은 것은 떨쳐 버리고 그냥 물을 주어 보라. 그 속에서 자연스럽게 즐거움을 느껴 보라. 그러는 동안 마음이 차분해진다.

컴퓨터도 매혹적인 일이다. 외출하기 전 10분 정도 시간이 남아서 이메일이나 확인해 볼 생각으로 컴퓨터 앞에 앉은 적이 있는가? 만약 여러분이 나 같은 사람이라면 인터넷을 이리저리 돌아다니다가 결국 아내에게 면박을 당할 것이다. "도대체 뭐 하는 거예요? 벌써 30분이나 지났어요"라고.

야구장에서 1회부터 9회까지 오직 야구만 생각할 수 있는가? 그것 또한 현재의 순간에 관심을 기울이고 마음을 집중하는 일이다.

여러분은 음악가일 수도 있다. 여러분은 좋아하는 음악을 연주할 때 처음부터 끝까지 아무 생각 없이 연주에만 몰두할 수 있는가?

좋아하는 음악을 들을 때도 마찬가지다. 우리는 처음부터 끝까지 아무 생각 없이 음악에만 몰두할 수 있다. 그것 역시 긴장 해소의 효과를 가져다 준다.

암벽 등반은 어떤가? 90미터 높이의 수직 벽면을 기어오르면서 내일 점심을 걱정하는 것은 현명한 일이 아니다. 무사히 살아남아서 내일 점심을 먹으려면 지금 하는 일에 마음을 모아야 한다.

까다로운 계약을 체결하고자 하거나 상사를 설득하고자 한다면, 그만한 수준의 정신 집중과 명료한 사고가 필요하다.

스트레스와 긴장은 우리 마음을 쓸데없는 생각들로 채워 넣는다. 거의 모든 사람들이 스트레스와 긴장에 시달리며 살고 있다. 날마다 마음 속에 쌓이는 화기(火氣)를 방출할 줄 모르기 때문이다.

고속도로에 나갔을 때 안전 운행을 하는 사람은 오직 당신뿐이고, 다른 운전자들은 모두 당신을 죽이려는 미치광이라고 생각한 적이 있는가? 아찔한 상황이 발생하면 우리의 신경계는 강한 충격을 받게 된다. 사고의 위험이 눈앞에 닥치면, 비록 위험이 순간적으로 지나간다 해도 우리 몸은 즉각 아드레날린을 분비한다. 그래서 심장 박동이 증가하고 혈압이 치솟으며 몸이 경직된다.

이렇듯 위험에 맞닥뜨리면 곧바로 흥분 상태에 빠져드는 '투쟁 도피 반응(fight or flight reaction)'은 한때 유용한 역할을 했다. 선사 시대 사람들이 호랑이와 맞닥뜨

렸을 때는 아드레날린이 오히려 도움이 되었다. 흥분한 상태로 호랑이와 맞서 싸우든지 아니면 목숨을 걸고 도망쳐야 했기 때문이다. 그런 와중에 '화기'는 저절로 방출되었다.

그러나 오늘날 위험에 처한 사람들은 그런 식의 반격도 피신도 불가능하다. 교통 체증으로 길이 막혀 있을 때, 차를 밀고 나갈 수도 없고 차를 버리고 걸어갈 수도 없다. 우리에게는 과도하게 분출된 아드레날린을 육체적으로 방출할 방법이 없다. 아무리 심장이 쿵쾅거려도 방출 밸브를 열 수 없다.

예컨대 우리 스스로 화기에 갇혀 지내는 모습을 살펴보자. 당신은 지금 직장 상사에게 괴롭힘을 당하고 있다. 당신이 무슨 실수를 저질렀을 수도 있고, 상사가 자기 잘못을 당신에게 덮어씌울 수도 있다. 어쨌건 이때 당신이 투쟁 도피 반응을 보인다면 어떻게 될까? 상사에게 폭력을 행사하거나 "그러면 당신이 한번 해 봐" 하면서 자리를 뜬다면? 십중팔구 당신은 해고될 것이다.

우리 대부분이 그렇듯이, 신경을 누그러뜨리기 위해 아무렇게나 화기를 방출한다면 생계에 막대한 지장을 초래하게 된다. 실업은 확실히 스트레스를 줄이는 데 별로 도움이 되지 않는다.

그러면 어떻게 해야 할까? 그런 상황을 부드럽게 피할 수 있는 방법은 긴장을 줄여 주는 것이다. 긴장 해소는 투쟁 도피 상황에 놓일 때마다 마음에 쌓이는 화기를 방출해 주기도 하지만, 생존을 위해 분전하는 동안 생겨나는 두통이나 목의 경련, 어깨 통증 같은 것도 없애 준다. 긴장 해소는 혈압을 낮추고 심장 박동을 줄여서 심장마비의 가능성을 감소시킨다. 그렇게 되면 노화 지연이라는 또 한 가지 소득을 얻을 수도 있으니, 서른다섯의 나이에 환갑 노인처럼 보이는 일은 없을 것이다.

하루하루를 전쟁처럼 살아가는 사람에게 혈압이 어떻고 심장 박동이 어쩌고 하는 이야기가 가당키나 하냐고 반문할지도 모르겠다. 그렇다면 이렇게 생각해 보자. 마음을 가라앉히면 우선 잠을 잘 자게 된다. 긴장을 해소하고 자는 잠은 아침에 일어날 때 상쾌한 몸과 마음을 선물해 준다. 긴장을 풀지 않고 잠을 자면 피로와 스트레스에서 벗어나지 못하므로 우리 몸은 계속해서 마모되고 고갈된다. 그러므로 스트레스를 껴안고 사는 것은 일종의 자살 행위라고 할 수 있다. 스트레스를 해소하는 것이 생명 연장의 지름길이다.

그렇게 멀리 볼 필요도 없다. 긴장 해소는 에너지를 충만하게 하고 건강을 증진시키며, 기억력과 학습 능력 그리고 대인 관계를 좋아지게 한다. 마음이 차분해지면 몸이 건강해지고 사고가 명료해지며 대인 관계도 좋아지기 때문이다.

마음의 피로가 줄어들면 자신뿐만 아니라 사랑하는 사람들에게도 더 많은 에너지를 쏟을 수 있다. 자신과 타인에게 더 많은 관심을 기울임으로써 기분도 더욱 좋아진다. 마음이 쓸데없는 생각들로 복잡하지 않다면 중요한 정보를 기억하는 일도, 열린 자세로 새로운 경험과 학습을 받아들이는 일도 한결 쉬워진다. 결국 긴장 해소는 인생의 질을 높여주고 경쟁력을 높여 준다.

그러면 혹자는 이렇게 말할 수도 있다.

"인생을 좀 더 건강하고 행복하게, 더 오래 살려면 그저 날마다 공원에서 산책만 하면 된다는 거야?"

그렇다! 그럴 수만 있다면…….

우리 마음을 화기로 가득 채우는 쓸데없는 생각들이 과연 어떤 것인지 알아보기 위해 Exercise 1 '생각하지 않기'를 시도해 보자. 결과는 주목할 만하다.

이 훈련을 통해 우리는 생각이 긴장 해소의 훼방꾼임을 깨닫게 될 것이다. 먼저 설명을 끝까지 읽고 그대로 실행해보자.

【Exercise 1】 생각하지 않기

자신에게 맞는 편안한 자세로 앉는다.

발을 소파에

올린 채 뒤로 기대도 좋고,

안락 의자에 앉아 등받이를 받치고

뒤로 젖혀도 좋다.

머리말에서 설명한 세 번의 심호흡을 한다.

숨을

들이쉬고 내쉰다.

좀 더 깊이 들이쉬고 천천히 내쉰다.

더 깊이 들이쉬고 남김 없이 내쉬면서

숨이 폐를 빠져나가는 것을 느낀다.

천천히 편안하게 숨을 쉬면서 눈을 감는다.

그리고 1분 동안

아무 생각도 하지 않는다.

어떤가? 큰 흥분은 없었을 것이다. 시간이 너무 길다고 조바심을 냈는가? 인간의 마음은 분당 1.5킬로미터의 속도로 현재의 순간에서 벗어나 다른 곳으로 달려나가려는 속성을 가지고 있다. 생각은 긴장 해소의 적이다.

처음 이 훈련을 시작했을 때 내 마음은 수많은 소음으로 들끓었다. 내 목소리, 아내의 목소리, 직장 상사의 목소리, 방금 전 라디오에서 흘러 나온 노래 등……. 심지어는 보이지 않는 사람들과 이야기를 나누고 논쟁도 벌였다.

나는 그런 소리를 더 듣고 싶지 않았다. 그래서 마음을 다스릴 수 있는 방법을 찾기로 했는데, 다음 장에서 설명하는 간단한 방법들이 그 역할을 해 주었다. 어느 순간부터인가 기분이 좋아지고, 마음 속의 소음이 줄어든 것이다.

거꾸로
숫자 세기

어머니는 일이 마음대로 풀리지 않을 때면 늘 이렇게 푸념을 늘어놓곤 하셨다.

"저 사람 때문에 답답해 죽겠어."

그 다음에는 목소리가 높아지고 말이 빨라지면서 약간의 히스테리 증상조차 보였다.

어머니가 그렇게 흥분하는 모습을 볼 때마다 나는 속으로만 "어머니, 진정하세요" 하고 말했다. 그 말을 입 밖에 내는 것은 우리 집 강아지에게 뒷마당을 파지 말라고 하는 것과 똑같은 일이었다. 말해 봐야 소용 없었다.

쉽게 흥분하는 것은 어머니의 천성이다.

그런데 재미있는 것은 어머니가 나에게 참을성을 키우라는 말씀을 자주 하셨다는 것이다.

"물론 내가 참을성이 없다는 건 잘 알아. 나는 한 번도 끈기 있게 참아본 적이 없어. 하지만 너는 나와 달라야지."

처음 그 말씀을 들었을 때 나는 이렇게 물었다.

"어떻게 하면 참을성을 키울 수 있나요?"

그때 어머니가 알려 주신 방법은 이랬다.

"열까지 세거라."

물론 어머니는 한 번도 열까지 세지 않으셨다. 그래서 어머니의 충고는 큰 효력을 발휘하지 못했다. 나 역시 열까지 세는 일에 서툴렀고, 기분은 늘 엉망진창이었다. 하지만 어쩌다 꾹 참고 열까지 셀 때도 있는데, 그러면 정말로 효과가 나타나기도 했다.

어른이 되어서 나는 마음 속의 소음을 잠재우는 방법을 찾다가 한 가지 사실을 알게 되었다. 우리 마음이 몰두할 수 있는 어떤 대상이 필요하다는 것이다. 그 후 나는 상당한 효과가 있는 방법을 하나 찾아냈다. 그것은 열까지 세는 일을 약간 변형한 것이다.

이제 우리는 눈을 감고 15에서 0까지 거꾸로 셀 것이다. 다음 설명을 읽으면 방법을 알 수 있다. 이 훈련을 하는 데는 1분도 걸리지 않는다.

【Exercise 2】 거꾸로 세면서 마음을 진정시키기

편안하게 앉아서 눈을 감고
세 번의 심호흡으로 마음을 가라앉힌다.

편안하게 숨을 들이쉰다.
그리고 숨을 내쉬면서 조용히 15를
소리내어 센다.

다시 숨을 들이쉰 다음
숨을 내쉬면서 조용히 14를 센다.

이런 식으로 호흡을 계속하면서
수를 거꾸로 세어나간다.

0까지 세었으면 가벼운 숨을 몇 번 쉬면서
어떤 느낌이 드는지 관찰한다.
다 끝났으면 눈을 뜬다.

Exercise 2의 결과가 Exercise 1보다 좋은가? 마음에
밀려드는 생각이 적어졌는가? 사람들은 생각을 하지 않
는 것보다 거꾸로 숫자를 세는 게 더 쉽다고 말한다. 왜
그럴까? 우리 마음은 뭔가 할 일이 있을 때 '통제'가 더
잘 되기 때문이다.

숫자를 세는 것은 아주 간단한 일이다. 암벽 등반보다
몇천 배 더 안전하다. 아무런 위험도 느끼지 않고 정신을

집중할 수 있는 훈련법이다.

물론 거꾸로 수를 세는 동안에도 우리 마음은 자꾸 다른 생각으로 흐트러지곤 한다. 하지만 염려할 필요는 없다. 마음을 본래의 자리로 다시 모으는 일은 그다지 어렵지 않다. 게다가 훈련에 집중하는 동안에는 불안을 안겨주는 사람이나 상황에 대해 생각할 수 없으므로 긴장이 해소된다.

숫자를 변경하는 응용 훈련도 가능하다. 18에서 3까지 셀 수도 있고, 33에서 16까지 셀 수도 있다. 그렇게 숫자를 세는 동안 우리 마음은 다른 생각을 하지 못한다.

긴장 해소는 생각과 생각 사이에 일어난다. 하지만 하루에 6만 가지 생각을 하다 보면 긴장 해소를 위한 시간을 찾기가 쉽지 않다. 더 많은 '휴식'을 갖고자 한다면 마음의 소음을 거둬 내야 한다.

이미 경험했겠지만, 마음을 깨끗이 비우는 것은 말처

럼 쉬운 일이 아니다. 혹시 거꾸로 세는 훈련을 하다가 잠이 들지는 않았는가? 그럴 수도 있다. 그것은 복잡한 심경의 편지를 쓰기 위해 책상 앞에 앉았다가 한 줄도 제대로 쓰지 못하고 졸게 되는 것과 비슷하다. 그러고는 이렇게 생각한다.

'잠깐 자고 나면 편지를 쓸 수 있을 거야.'

두 가지 상황에서 알 수 있듯이 우리 마음은 어려운 과제를 수행하는 것보다 잠을 자는 것을 더 좋아한다. 그렇다고 잔다고 마음 속에서 생각이 사라지는 것은 아니다. 그러면 해결책은 무엇일까? 수를 세는 데 더욱더 정신을 집중하는 것이다. 그러면 잠이 들지 않는다.

하지만 우리 마음은 교묘하다. 훈련을 하다 보면 수를 거꾸로 세는 동시에 생각도 같이 하게 된다. 그런 일은 운전을 처음 시작했을 때와 비슷하다. 처음에는 가까운 거리를 가는데도 정신을 집중해야 한다. 하지만 1년 정도 지나면 고속 도로를 질주하면서도 운전 중이라는 사실에 별로 신경을 쓰지 않는다. 우리 마음은 기어를 올리고 내리면서도 뭔가 다른 일을 하고 싶어한다. 생각도 그 가운데 하나다.

처음 긴장 해소 훈련을 시작했을 때 나는 조용한 마음 상태보다 오히려 흥분된 상태를 좋아했다. 불안을 느끼는 것이 더 편안했다. 나에게는 그것이 더 익숙했기 때문이다. 나는 사람들에 대한 분노와 짜증을 그대로 유지하고 싶어했다. 긴장 해소 훈련을 좀 더 하고 나서야 비로소 그런 상태에서 벗어날 수 있었다. 훈련을 계속하고자 하는 의지와 오래 된 습관을 바꾸려는 용기가 없었다면 불가능한 일이었다.

마음을 비우는 일은 근육을 강화하는 훈련과 같다. 근육은 사용할수록 강해진다. 이 훈련을 계속하다 보면 더 이상 우리 마음이 밖으로 떠돌지 않는다. 한두 번 흐트러지다가도 금세 돌아온다. 지금 당신의 마음이 다른 곳에 가 있다면 얼른 불러들여 숫자를 세라고 명령하라.

오래 전에 하버드 의대에서 거꾸로 수를 세는 일은 혈압과 심장 박동 수를 낮추어 준다는 보고서를 발표했다.

흥분을 느꼈을 때 심호흡을 하면서 날숨에 맞추어 숫자를 하나씩 세어 나간다면 마음을 곧 진정시킬 수 있을 것이다. 숫자를 셀 시간이 없다면 세 번의 심호흡이라도 하라.

이 훈련은 틈나는 대로 자주 하는 것이 좋다. 그러면 화가 나는 일이 생겨도 차분한 마음 상태를 유지할 수 있을 것이다. 세 번의 심호흡은 10초 만에 우리를 진정시켜준다. 심호흡과 함께 15에서 0까지 숫자를 세어 나가면 60초도 안 되는 사이에 스트레스를 말끔히 걷어낼 수 있다.

꼭 기억해 두자!

우리 마음은 늘 생각하고 싶어한다.
우리 마음은 몰두할 수 있는 과제를 마련해주면
곧 진정된다.
그러나 그 과제에 익숙해지면 우리 마음은
그걸 내팽개치고 다시 다른 생각을 하려고 한다.

마음속 소음을 비워내는 능력을 키우려면

심호흡을 하면서 숫자를 거꾸로 세는 훈련을 한다.

'상상 여행'을
떠나라

영화를 만들고 싶다는 생각을 한 적이 있는가?

이제 우리는 몇 가지 '상상 영화' 만드는 법을 연습할 것이다. '시각화'라고 부르기도 하는 상상 영화는 흥분의 열기를 식혀줄 뿐만 아니라, 편안하게 잘 수 있게 해주고, 긴장된 상황을 누그러뜨려 준다.

나는 전에 모뉴먼트 계곡에 갔던 일을 떠올리면서 긴장을 해소한다고 말한 적이 있다. 당신도 잠시 해변으로 상상 여행을 떠나서 비슷한 경험을 만들 수 있다. 2분의 짧은 외출로 자신만의 '휴가'를 만들어 보자.

【Exercise 3】 해변 여행

의자에 앉아 눈을 감고 세 번의 심호흡을 한다.

자신이 해변에 있는 모습을 상상한다.

푸른 파도와 파란 하늘,

하늘에 떠다니는 흰 구름을 바라본다.

파도가 밀려오는 광경을 지켜본다.

파도의 리듬을 몸으로 느낀다.

하얀 모래밭을 둘러본다. 모래의 촉감을 느낀다.

등과 어깨로 쏟아지는 따뜻한 햇살을 느낀다.

얼굴을 스치는 시원한 바람을 느낀다.

공기에 섞인 바다 냄새를 맡는다.
미소를 지으며 몸과 마음의 긴장을 푼다.

바닷물의 짠맛을 느낀다.

해변으로 밀려와 바위에 부딪히며
부서지는 파도 소리를 귀 기울여 듣는다.
하늘을 나는 갈매기 소리를 듣는다.

더 많은 감각을 개입시킬수록 마음이 안정되는 효과는 더 커진다. 왜 그럴까? 우리 마음은 보고 느끼고 냄새맡고 맛보고 듣는 일을 통해 상상의 세계에 더 깊이 몰두할 수 있기 때문이다.

마음을 가라앉혀야 할 상황이 찾아오면 눈을 감고 세 번의 심호흡을 한 후 해변에 있는 자신의 모습을 상상해 보라.

시각, 촉각, 후각, 미각, 청각 등 모든 감각을 이용해서 해변을 떠올린다. 해변뿐만 아니라 깊은 숲이나 높은 산으로 가도 좋다. 전에 갔던 곳도 좋고 가보고 싶은 곳도 좋다. 중요한 것은 우리가 가진 모든 감각을 이용하는 것이다.

상상 영화는 잠자기 전에 만들면 특히 효과적이다. Exercise 4와 5를 연습하면 편안히 잠드는 데 많은 도움이 될 것이다. 잠들기 전에 긴장을 풀고 싶으면 TV를 끄고 안락 의자에 기대어 이 훈련을 한다. 침대에 누워서 눈을 감고 해도 좋다.

【Exercise 4】 발 끝 에 서 코 끝 까 지

세 번의 심호흡을 한 후 발가락에서
발뒤꿈치까지 발 전체의 긴장을 푼다.

똑같은 느낌을 몸 위쪽으로 천천히 끌어올린다.

종아리, 허벅지, 엉덩이, 배의 긴장을 푼다.

허리, 가슴, 등, 어깨, 목의 긴장을 푼다.

턱, 귀, 코의 긴장을 푼다.
머리 속도 진정시키고, 마음의 소음도 다스린다.

이 훈련을 하다 보면 발이나 허리에 숨어 있던 통증이 발견되기도 한다. 그런데 때로는 그런 고통이 긴장 해소에 도움이 된다. 또 그런 부위에 마음을 집중함으로써 불편함을 치유할 수도 있다.

【Exercise 5】 숲 속 산책

눈을 감고 세 번의 심호흡을 한다.
그리고 숲 속 오솔길을 걷는 모습을 상상한다.
갈색 나무 껍질을 바라보고,

푸른 나뭇잎 냄새를 맡는다.
등에 쏟아지는 따뜻한 햇볕을 느낀다.
새들이 지저귀는 소리를 듣는다.

숲 속으로 더 깊이 들어가면서
파란 하늘과 흰 구름을 바라본다.
뺨을 스치는 서늘한 바람과 발에 밟히는
부드러운 흙을 느낀다.

숲 속 더 깊은 곳으로 계속 들어가면서
잔가지들이 발에 밟혀 부러지는 소리를 듣는다.

숲 속에 있는 조그만 오두막집을 본다.
굴뚝에서 흘러 나오는 연기를 본다.
벽난로에서 향기로운 나무가 타는 냄새를 맡는다.
그곳이 바로 내 오두막이다.

오두막에 다가가서 문을 열고 안으로 들어간다.
벽난로에서는 붉고 노란 불꽃이 너울거리고,
나무가 타닥타닥 소리를 내며 타고 있다.
벽난로 앞에는 두툼한 카펫이 깔려 있다.
카펫 한쪽 끝에는 내가 좋아하는 담요가
얌전히 개어져 있다.

문을 닫고 벽난로 앞으로 다가간다.
난로의 따뜻한 기운을 온몸으로 받는다.
카펫 위에 누워 몸을 쭉 늘이면서 안락함과 편안함,
만족감을 느껴본다.
담요로 몸을 감싸고
평화로운 잠 속으로 미끄러져 들어간다.

이 훈련은 눈을 감고 해야 효과가 높다. 처음 잠들 때
뿐만 아니라 자다가 깨서 다시 잠을 청할 때도 유용하다.

상상 영화는 우리를 천국 또는 꿈의 나라로 데려갈 뿐만 아니라 현실의 고통스런 생각들도 없애 준다. 이제 Exercise 6을 연습하면서 스트레스 수준이 어떻게 달라지는지 주목해 보자.

　　이 훈련을 통해 우리는 생각으로 행동하는 것이 얼마나 큰 힘을 갖는지 깨달을 수 있다. 먼저 천천히 설명을 읽고 실행해보자.

【Exercise 6】 생 각 으 로　 느 끼 기

편안히 앉아 눈을 감고 세 번의 심호흡을 한 후
기쁨을 주는 대상을 떠올린다.
취미도 좋고, 애인도 좋고, 애완 동물도 좋다.
가능하면 맥박을 재라.
아니면 그냥 마음에 느껴지는 만족감을 관찰한다.

생각만 해도 진저리나는 곳이 있다면

회사든 병원이든 학교이든
마음 속에 그곳을 떠올린다.

그곳으로 다가간다.
마음 속에 조금씩 불편함이 커지는 것을 느낀다.
심장 박동이 빨라지고
목과 어깨가 뻣뻣해지기 시작한다.

조심조심 문을 연다.
그리고 가장 골칫거리였던 사람을 응시한다.
목 뒤의 근육이 뻐근한가? 아니면 손이 미세하게
떨리는가?
다시 한 번 맥박을 재어 본다.
아까보다 빨라졌는가?

다른 생각으로 옮겨가기 전에 먼저
세 번의 심호흡을 한다.

이제 행복을 주는 생각으로 돌아가거나
Exercise 3에서 한 대로 해변 여행을 떠난다.

어느 정도 기분이 좋아질 것이다. 게다가 스스로 생각을 변화시킬 수도 있고 생각의 변화를 통해 기분도 변화시킬 수 있음을 분명히 알게 될 것이다. 두려운 생각을 하면 스트레스 지수가 올라간다. 그러나 즐거운 생각에 집중하는 상상 영화를 활용하면 스트레스가 줄어든다.

모두 잘 알고 있듯이 과도한 스트레스는 치명적이다. 가장 위험한 시간은 월요일 아침 9시. 그 어느 때보다도 이 시간에 스트레스 관련 사망자가 많다. 늘 목에 경련을 느끼면서 일 주일을 시작한다면 상상 영화를 시도해 보는 것이 좋다. 월요일 아침에는 무엇보다 먼저 긴장을 해소하라. 그러면 질병과 부상, 죽음의 위험을 줄일 수 있다.

하지만 꼭 월요일 아침까지 기다릴 필요는 없다. 어떤 이들은 일요일 밤부터 답답함을 느낀다. 당신도 그렇다면 상상 영화를 이용해서 직장의 상황을 새롭게 구성해 본다. 모든 일이 잘 풀리고 있다고 생각한다. 직장 상사와 동료, 고객과 잘 지내는 모습을 머리 속에 그린다. 사이가 껄끄러운 사람과도 잘 지내는 모습을 상상한다. 간단히 말해 상상 영화를 통해 자신에게 더 좋은 근무 환경을 만들어 내는 것이다.

또 이러한 연습을 되풀이하다 보면 훈련이 더욱 쉬워지게 되고, 마침내 당신의 인생이 더 낫게 고양되는 것이다.

편안하게 호흡하면서 공기가 콧구멍을 드나드는 것을

관찰한다. 호흡할 때마다 공기가 처음으로 닿는

코 내부의 지점을 느낄 수 있을 것이다.

코로 숨쉴 수 없다면 입을 조금만 벌려서

공기의 움직임을 느낄 수 있도록 한다.

제2부 집중(集中)하기

계속 콧구멍에 정신을 집중한다.

기도와 폐로 들어가는 공기는 신경 쓰지 마라.

공기의 온도도 신경 쓰지 말고,

공기의 냄새도 무시한다.

오직 공기가 콧구멍의 피부를 쓰다듬으며

지나갈 때의 감촉에만 집중한다.

갑자기 가슴의 오르내림이 신경 쓰인다면

다시 콧구멍을 드나드는 공기로 관심을 되돌린다.

공기가 들어오고 나가는 것을 느낀다.

콧구멍을 들락거리는 공기에 완전히 몰두한다.

호흡의 길이를 관찰하되

그에 대한 판단은 하지 않는다.

마음이 옆길로 새어나가도 죄책감을 느끼지 마라.

마음을 다시 제자리로 불러오면 된다.

집중으로
조절한다

지금까지는 마음을 가라앉히는 법을 배웠다. 이제는 집중점을 찾는 몇 가지 손쉬운 방법들을 탐색해 보고자 한다.

결론부터 말하면, 집중점을 찾는 훈련을 하고나서 나는 더 깊은 편안함과 자신감을 얻었다. 여기서 제시하는 훈련법을, 적어도 마음에 드는 몇 가지만이라도 연습하면 순간순간 마음을 다스리는 일도 쉬워질 뿐만 아니라 평화롭고 안락한 인생에 한 발 더 다가가게 된다. 이것은 긴장 해소의 지속적인 효과라 할 수 있다.

먼저 마음을 들여다 보자. 산만하게 흩어진 채 온갖 생각으로 들끓는 우리 마음은 야생마를 방불케 한다. 그런 마음을 뭔가 하나에 집중한다는 것은 야생마를 길들이는 것과 비슷하다. 우리가 규제와 구속의 도구, 예컨대 안장과 같은 것을 가지고 다가간다면 야생마는 곧바로 달아나버릴 것이다.

모두 알고 있듯이 사람의 마음은 아주 교묘하다. 마음은 제약과 구속을 피해 달아나는 데 명수다. 새로운 과제를 던져 주면 금세 해결하고 다른 생각으로 돌아간다. 마음은 언제나 원하는 일만 하려고 한다.

누구나 마찬가지겠지만, 지성과 이성이 깃들여 있는 마음은 우리의 사고와 말과 행동을 전적으로 책임지는 존재라고 생각한다. 스스로 자아 전체라고 여기는 것이다.

하지만 우리 속에는 마음만 있는 것이 아니다. 마음 외에도 다른 여러 가지가 있다. 우리가 마음에 어떤 과제를 던져 주고 나면, 그 다음에는 본능이나 직관 같은 것이 표면으로 떠오른다.

본능은 운동 선수가 자연스러운 몸의 움직임에 자신을 맡기는 것과 같다. 훌륭한 골프 선수는 복잡한 생각을 하지 않고도 클럽을 휘둘러 페어웨이 위로 티샷을 날린다. 그들에게는 몸이 지닌 본능에 대한 강력한 믿음이 있다. 마음이 길을 비켜 주면 골프 치는 일도 긴장 해소 효과를 발휘할 수 있다. 하지만 마음이 한 타 한 타를 일일이 지휘한다면, 골프가 주는 스트레스는 심장마비를 일으킬 수도 있다.

　　직관은 가슴에 귀를 기울였을 때 아주 조그맣게 들리는 목소리다. 논리적인 방법으로는 문제를 해결할 수 없을 때 불현듯 다가오는 육감 같은 것이다. 마음을 고요하게 할수록 직관의 목소리는 더욱 명확해진다.

　　그렇다고 본능이나 직관의 목소리를 따르기 위해 마음에 무슨 굴레를 씌워 놓아야 하는 것은 아니다. 단지 집중점 하나만 있으면 된다. 집중점은 마음의 눈으로 보는 그림일 수도 있고, 마음의 귀로 듣는 소리일 수도 있다. 우리 마음이 중심에서 벗어나 표류하면서 여러 가지 생각들로 어지러울 때, 우리가 할 일은 집중점을 되찾고 다시 정신을 모으는 것이다.

훈련에 들어가기 전에 두 가지 사항을 염두에 두어야 한다. 첫 번째는 모든 훈련을 실험처럼 여기라는 것이다.

데시카차르는 현대 요가의 아버지 크리슈나마카리아의 말을 인용해서 이렇게 말한다.

"가르치는 사람으로서 내가 할 일은 학생들 한 명 한 명에게 맞는 방법을 찾아내는 것이다. 가르침은 학생을 위한 것이지 선생을 위한 것이 아니다."

그는 《요가의 본질》이라는 책에서도 이렇게 말하고 있다.

"친숙한 것부터 시작하라. 내가 서 있는 자리가 바로 시작 지점이 되어야 한다. 그래서 나는 언제나 학생들에게 자신의 기질에 맞는 방법을 선택하라고 권유한다."

내가 제시하는 방법을 여러분이 모두 좋아할 수는 없

다. 어쩌면 한두 가지밖에 좋아하지 않을 수도 있다.

두 번째는 우리의 일상 세계가 아무리 엉망이라고 해도 완전히 사라져 버리기를 기대해서는 안 된다는 것이다. 여기서 제시하는 훈련은 현실 도피나 후퇴가 아니라 오히려 현실 속으로 들어가는 일이다. 이 훈련의 성과는 일상 생활에서, 사람들과의 관계에서 확인될 것이다.

집중점
찾기

촉 각 의   집 중 점

촉각, 후각, 미각은 아주 강력하고도 직접적인 감각이
다. 집중점 찾기 훈련의 첫 단계로 먼저 촉각을 살펴보기
로 하자.

나는 담배를 끊으려는 시도를 여러 번 했지만 번번이
실패했다. 그 사실을 아는 친구가 나에게 조그맣고 납작
한 돌멩이를 하나 건네 주며 말했다.

"이걸 그리스 묵주라고 생각해, 담배 생각이 날 때 손
에 쥐고 문지르면 효과가 있을 거야."

단기적으로 그 돌멩이는 효과가 있었다. 담배 생각이 날 때마다 나는 주머니에서 그 돌을 꺼내 유심히 바라보기도 하고 이리저리 뒤집어 보기도 했다. 돌을 손에 쥐고 몇 초 정도 지나면 담배를 피우고 싶은 욕구가 사라졌다. 왜 그랬을까? 이유는 돌과 담배를 동시에 생각할 수 없었기 때문이다.

그러나 얼마 후 나는 다시 담배를 피우게 되었다. 담배 생각을 물리치려면 몇 초 동안 너무 많은 것을 생각해야 했기 때문이다. 담배 때문에 오히려 마음이 혼란스러웠다.

물론 오랜 시간이 지나서야 결국 담배를 끊었다. 나는 아직도 그 돌을 가지고 다닌다. 주머니에 손을 넣을 때마다 돌멩이는 '나를 만지면 마음이 깨끗해질 거야'라는 메시지를 전달해 준다. 그래서 불안감이나 초조함에 사로잡히면, 나는 주머니에 손을 넣어서 머리 속에 들끓는 소음을 잠재운다.

뭔가를 손으로 만지는 일은 아주 손쉬운 집중점 훈련

이다. 촉각은 매우 강렬하면서도 믿을 만한 감각이기 때문에 많은 봉헌(奉獻) 의식에 사용된다. 염주나 묵주를 손가락으로 헤아리면서 기도문을 읊는 종교 의식이 그 예다. 선택한 사물이 작은 것이면 가지고 다니면서 시시때때로 훈련한다. 사물이 크면 잘 보이는 곳에 놓아 두고 시간이 날 때마다 연습한다.

Exercise 7은 촉각의 집중점에 대한 실험이다. 주변에서 행운의 상징이나 부적, 돌멩이 같은 사물을 하나 골라서 연습해 본다.

【Exercise 7】 사 물 만 지 기

편하게 앉아서 선택한 사물을 손에 쥔 채
세 번의 심호흡을 한다.

눈을 감고 손에 쥔 사물에 정신을 집중한다.

생각이 분산되기 시작하면
사물을 꽉 움켜쥐거나 문지르면서
관심을 다시 사물에 집중한다.

마음이 안정되면
심호흡을 몇 번 더하고 눈을 뜬다.

후각의 집중점

많은 사람들이 가장 강력한 인상을 남기는 감각으로 후각을 많이 꼽는다. 그러나 나는 최근까지도 그런 사람이 아니었다. 나는 냄새 같은 건 잘 기억하지 못했다. 그런데 어느 날 어떤 분이 할머니의 부엌을 묘사해 보라고 했을 때 갓 구운 옥수수빵 냄새가 가장 먼저 떠올랐다.

당신은 어떤가? 할머니의 부엌을 생각할 때 어떤 냄새가 떠오르는가. 찜 요리 냄새? 갓 구운 파이 냄새? 양념 냄새? 가장 친한 숙모의 부엌이나 단짝 친구의 부엌은 어떤가? 부엌이 아니라도 좋다. 옛 애인처럼 특별했던 사람에게서 나던 향기나 그 사람이 쓰던 향수 냄새를 떠올려 보라. 그 가운데 당신이 사랑한 냄새가 있을 터이다. 그 냄새를 맡아보라. 후각의 기억은 아주 강력하다.

Exercise 8은 후각을 집중점으로 활용하는 연습이다. 이 훈련을 하면 주변의 냄새를 이용해서 마음을 다스릴 수 있을 것이다.

【Exercise 8】 향 기 에 접 속 하 기

편안하게 앉아서 세 번의 심호흡을 한다.

눈을 감고 선택한 향기에 정신을 집중한다.

잠시 동안 마음에 온갖 생각이 들끓게 하고,

생각 사이사이에 향기에 마음을 쏟는다.

그런 다음 오직 향기에만 마음을 집중한다.
생각이 흐트러지면 향기에 다시 정신을 모은다.

마음이 안정되면
심호흡을 몇 번 더하고 눈을 뜬다.

훈련을 시작하기 전에 향기로운 냄새가 나는 물건이나 꽃다발 같은 것을 마련한다. 좀 더 강력한 자극이 필요하면 향을 준비한다.

불과 몇 분 동안만 냄새에 집중해도 뒤숭숭한 생각의 기세가 꺾이고 마음이 고요해지는 사람이 있다. 그런 사람은 후각이 매우 발달한 사람이다. 만약 그게 당신이라면 앞으로 마음을 다스려야 할 때마다 향기에 집중해보도록 하라.

미각의 집중점

당신은 맛깔스럽게 차려진 음식을 보고 눈으로 맛을 느껴본 적이 있는가? 또는 어떤 음식의 냄새가 무척이나 강력해서 그 냄새만으로도 맛을 느낀 적이 있는가?

미각이라는 강력한 감각은 혀가 닿기 전에 이미 시각과 후각을 통해 우리의 관심을 잡아끌 수 있다. 혀가 어떤 음식물을 감지했다 해도 촉각이나 후각이 함께 결부되지 않으면 미각은 오래 유지되지 않는다. 예를 들어 구강 청결용 박하 사탕을 생각해 보라. 처음 입에 넣었을 때 느껴지는 청량감은 몇 초 후면 잊혀진다. 그러다 마지막 남은 작은 덩어리를 어금니로 깨물면 그때 비로소 박하의 맛을 다시 느끼게 된다.

맨 처음 맛을 느끼는 순간부터 마지막에 남은 덩어리를 깨무는 순간까지 무슨 일이 일어난 것일까? 우리가 그 느낌에 지속적으로 집중하지 않음으로써 박하 사탕과의 의식적 접촉이 끊어진 것이다. 사탕을 계속 빨면서 박하 향을 맡는다면, 미각과 그로 인한 평온함이 더 오랫동안 계속될 것이다.

Exercise 9는 미각에 정신을 집중하도록 도와 준다.
시작하기 전에 미리 좋아하는 사탕을 준비하기 바란다.

【Exercise 9】 맛 있 는   사 탕 과   미 각

편안하게 앉아서 세 번의 심호흡을 한다.
그런 다음 준비한 사탕을 입에 넣는다.

사탕의 맛에 정신을 집중한다.
무슨 맛인가?

맛에 집중하는 동안
사탕을 깨물지 않도록 주의한다
사탕을 녹여 먹으면 집중 시간이 더 길어진다.

사탕이 완전히 녹아 사라졌으면
이 과정에서 느낀 즐거움을 되새겨 본다.

청각의 집중점

우리가 귀와 눈을 익숙하게 사용한다면, 우리의 청각
과 시각은 이미 집중점 훈련을 할 만한 정교함을 갖추었
다고 할 수 있다. 귀는 소리에 집중하는 능력이 있고, 눈
은 우리 마음에 수많은 메시지를 보내는 힘이 있다. 그러
므로 약간의 능력만 더해 준다면 듣고 보는 단순한 일을
아주 훌륭한 긴장 해소 수단으로 삼을 수 있다.

어느 해인가 바닷가에 거의 닿아 있는 비치 하우스에
서 여름을 보낸 적이 있었다. 나는 밤마다 바위에 부딪혀
부서지는 파도 소리를 들었다. 그 소리에 귀를 기울일수
록 저절로 긴장이 해소되었다. 그러나 가을이 되어 도시
로 돌아오자 파도 소리는 이내 사라지고 자동차 경적 소
리와 공사장의 착암기 소리만 들려왔다.

일 년 내내 바닷가 비치 하우스에서 지낸다거나, 집 뒤

로 시냇물이 졸졸 흐르거나 가까운 거리에 폭포가 있다면, 우리는 언제라도 눈을 감고 시원한 물소리를 들을 수 있다. 하지만 물 흐르는 소리를 화장실에서나 들을 수밖에 없다면 가까운 레코드 가게에 가서 자연의 소리를 담은 테이프나 CD를 사기 바란다. 한여름의 비바람 소리를 들으며 행복했던 어린 시절을 떠올릴 수 있는 테이프를 고르면 된다.

명상 음악도 좋다. 특히 음정 하나하나에 집중할 수 있도록 편곡된 것이면 더욱 좋다.

자, 이제 어떤 것을 선택했든 소리를 통해 집중점을 찾을 수 있도록 준비하자. 선택한 테이프나 CD를 틀고 Exercise 10을 연습하라.

【Exercise 10】 소 리 로 긴 장 해 소 하 기

편안하게 앉아서 세 번의 심호흡을 한다.

몇 분 동안 마음에 온갖 생각이 들끓게 한다.

그런 다음 눈을 감고
방 안에 흐르는 소리에 정신을 집중한다.

생각이 표류하기 시작하면
다시 소리에 정신을 집중한다.

테이프나 CD를 듣고 싶을 때까지 계속 듣는다.
그리고 훈련이 끝나면
몇 차례 심호흡을 하고 눈을 뜬다.

소리로 긴장을 해소하는 실험을 할 때는 먼저 여러 가지 소리를 탐색해 본 후에 자신에게 맞는 소리를 고른다. 자연의 소리를 담은 테이프는 시중에서 쉽게 구할 수 있다. 명상 음악도 클래식에서 가스펠에 이르기까지 매우

다양하다.

소리에 집중하는 일은 흡입력이 대단해서 아예 그 소리에 녹아드는 경우도 있다. 우리 자신이 소리가 되는 것이다.

크리슈나무르티는 이렇게 말했다.

"우리는 개 짖는 소리에 별로 귀를 기울이지 않는다. 또 아이의 울음소리나 지나가는 사람의 웃음소리도 듣지 않는다. 소리와 단절된 곳에는 갈등과 혼란이 있을 뿐이다. 아름다움은 우리가 소리와 단절되지 않고 소리의 일부가 될 때 느낄 수 있다."

소리와 하나가 될 때 우리는 깊은 평온함을 느낄 수 있다.

시각의 집중점

어느 해 여름 휴가 때 나는 아내와 함께 뉴햄프셔 주 남부의 도로를 달리다가 '골동품'이라고 쓰여 있는 간판과 마주쳤다. 간판에 있는 커다란 붉은색 화살표는 도로

옆 흙길을 가리키고 있었고, 나무가 줄지어 선 길은 창고를 개조한 가게로 이어져 있었다.

가게에 들어서자 먼저 마차 바퀴가 눈에 띄었다. 채색한 마차 바퀴는 흡사 태양처럼 보였다. 아침에 떠오르는 태양이든 저녁에 저무는 태양이든 상관없이 그것은 중요한 상징이었다. 바퀴살에는 가족, 생계 수단, 정착지, 타인에 대한 봉사, 인류의 화합 같은 글귀가 쓰여 있었는데, 마치 사람의 일생을 보여주는 것 같았다.

요즘도 나는 눈을 감고 그 마차 바퀴와 거기에 적혀 있던 글귀를 떠올린다. 나는 그것을 내 인생의 바퀴로 생각한다. 내가 그 가운데 있다. 나의 태양은 떠오르면서 동시에 저문다.

그 바퀴를 생각하면, 내가 내 인생의 영토에서 어떻게 살아가고 있는지 눈에 보인다. 그 바퀴는 내가 앞으로 나아갈 때마다 바퀴살 하나 하나가 얼마나 중요한지 가르쳐 준다. 균형이 잡히지 않으면 바퀴는 제대로 돌아가지 않을 것이다.

내가 삶에 집중할 때마다 그 바퀴는 내 유일한 집중점이 되었고, 긴장해소의 효과를 주었다. 그 바퀴는 내 곁에 없지만, 내 마음의 눈으로 언제든지 볼 수 있다. 그것을 눈앞에 그리면 순식간에 마음이 차분해지고, 사려깊어 진다.

Exercise 11은 집중점을 찾는 데 그치지 않고 한 발 더 나아가 그것을 시각화하는 훈련을 하게한다. 이 훈련은 두 부분으로 나뉘는데, 첫째 부분은 사물을 응시하는 것이고, 둘째 부분은 눈을 감고 마음 속에 사물의 이미지를 다시 그려내는 것이다.

대상은 어떤 것이라도 좋다. 주변에서 아무것이나 선택하라. 여기서는 촛불을 예로 들었지만, 당신에게 시각적인 즐거움을 줄 수 있는 것이라면 가족 사진이건 꽃이건 상관없다. 크기나 모양도 상관없다.

【Exercise 11】 보고 나서 시각화하기

의자에 기대 앉아 세 번의 심호흡을 한다.
편안히 숨을 쉬면서 촛불의 깜박임을 바라본다.
다른 생각으로 정신이 흩어지면 급히 쫓아가지 말고
버스가 지나가는 것을 보는 것처럼
천천히 생각이 지나가는 것을 지켜본다.
생각이 다 지나가면 다시 촛불에 정신을 모은다.

몇 초 동안 촛불에만 정신을 집중한다.

눈을 감고 촛불의 이미지를 그린다.
마음의 눈으로 촛불을 본다.

촛불의 이미지에 정신을 집중한다.
마음이 다른 곳으로 표류하려고 하면
다시 촛불로 돌아오게 한다.

잘 안 돼도 자신을 너무 나무라지 말라.
우리 마음은 본래 표류하기 마련이다.

대개는 먼저 첫 번째 훈련을 어느 정도 연습한 뒤에야
두 번째 훈련을 제대로 해낼 수 있다. 두 번째 훈련으로
옮아갔을 때 눈만 감으면 이미지가 왜곡될 수도 있다. 그
렇다고 너무 놀라지 마라. 마음의 눈으로 볼 때는 촛불이
보름달이 될 수도 있고, 태양이 될 수도 있다. 그러므로
그런 일에는 신경 쓰지 말고 그저 오랫동안 그 이미지에
만 정신을 집중한다.

눈을 크게 뜨고 촛불을 응시하는 것은 수백 년 동안 이
어져 온 훈련법이다. 최근에는 몇 분 동안 계속 거울을
들여다 보는 방법도 있다. 이런 훈련은 내면에 대한 통찰
을 일깨운다.

그러나 어떤 방법을 선택하든 제일 중요한 것은 자주
연습하는 것이다. 시간이 짧아도 상관없다. 연습을 하면
할수록 더 수월해지고 점차 습관으로 굳어질 것이다. 그

리고 긴장이 해소되면서 마음이 편안해질 것이다.

호흡으로 집중점 찾기

호흡은 언제나 하고 있기 때문에 아주 편리한 훈련 수단이다. 호흡은 집에 두고 나올 수도 없다. 숨쉬기는 아주 오래 전부터 우리와 함께 있어 왔다. 아니, 어머니의 젖을 빨기 이전부터 있었다. 그래서인지 우리는 흔히 호흡에 대해 잘 알고 있다고 생각한다. 그러나 정말 그럴까?

앞에서 소개한 훈련법이 대부분 세 번의 심호흡으로 시작했기 때문에 이제 호흡의 능력을 알게 되었을 것이다. 하지만 호흡에는 우리가 어림 잡지 못하는 다른 기능이 있다. 다음에 소개하는 훈련법은 우리에게 좀 더 미묘한 경험을 안겨줄 것이다. 이제 호흡은 당연히 일어나는 현상이 아니다.

편안하게 호흡하면서
공기가 콧구멍을 드나드는 것을 관찰한다.
호흡할 때마다 공기가 처음으로 닿는
코 내부의 지점을 느낄 수 있을 것이다.
코로 숨쉴 수 없다면 입을 조금만 벌려서
공기의 움직임을 느낄 수 있도록 한다.

계속 콧구멍에 정신을 집중한다.
기도와 폐로 들어가는 공기는 신경 쓰지 말라.
공기의 온도도 신경 쓰지 말고,
공기의 냄새도 무시한다.
오직 공기가 콧구멍의 피부를 스치며
지나갈 때의 감촉에만 집중한다.

갑자기 가슴의 오르내림이 신경 쓰인다면

다시 콧구멍을 드나드는 공기로 관심을 되돌린다.
공기가 들어오고 나가는 것을 느낀다.

콧구멍을 들락거리는 공기에 완전히 몰두한다.
호흡의 길이를 관찰하되
그에 대한 판단은 하지 않는다.

마음이 옆길로 새나가도 괘념치 말라.
마음을 다시 제자리로 불러오면 된다.

우리의 호흡이 네 부분으로 이루어졌음을 관찰한다.
들숨, 허파에 공기가 들어차는 휴지기,
날숨, 허파에서 공기가 빠져나가는 휴지기를
관찰하며 호흡을 계속한다.

마음이 다른 곳을 헤매는 바람에
들숨과 날숨의 휴지기를 놓쳤다면,

마음을 다시 제자리로 불러와
콧구멍을 드나드는 공기를 느끼게 한다.

어느 정도 시간이 지난 후 마음을 관찰한다.
생각의 기세가 꺾였는가?
내면에 평온함이 스며들기 시작했는가?

호흡 훈련은 언제 어디서든 긴장을 해소해 준다. 그러
므로 직장에서도 연습하고, 병문안을 갔을 때도 연습하
고, 버스를 기다리면서도 연습하라. 마음을 진정시키기
위해 화장실로 달려갈 수 없을 때, 주위에 산책할 만한
숲이 없을 때 콧구멍에 모든 신경을 집중하라. 우리가 무
슨 일을 하는지 눈치챌 사람은 아무도 없으므로 구구하
게 변명할 필요도 없다.

다음의 13과 14 훈련은 눈을 뜨고 해도 되고, 감고 해
도 된다. 공공 장소에 있다면 눈을 뜨고 해야겠지만, 집

에서라면 눈을 감고 하는 것이 좀 더 깊은 체험을 안겨
줄 것이다.

【Exercise 13】 숨 쉬 는 공 기 를 따 뜻 하 게

조용히 앉아서 세 번의 심호흡을 한다.

평소처럼 숨을 쉬면서
콧구멍을 드나드는 공기를 느낀다.

그런 다음 공기의 온도를 느낀다.
들어오는 공기는 차갑고
나가는 공기는 따뜻하게 느껴질 것이다.

공기의 온도에 계속 정신을 집중한다.

몇 분 후 다른 생각에 빠져들지 않고

계속 공기의 온도에 정신을 집중하고
있는 것을 관찰한다.

이와 비슷한 훈련법이 있다. 숨을 쉬면서 그 소리를 듣
는 것이다. 소리가 잘 들리지 않으면 좀 더 강하고 깊게
호흡을 하면서 소리를 들어 본다. 숨을 들이쉴 때는 '하
아쌰'와 비슷한 소리가 들리고, 숨을 내쉴 때는 '아'와
비슷한 소리가 들릴 것이다. 그러므로 숨을 쉴 때마다 우
리는 '하아—싸아' 소리를 듣게 된다. 이 소리를 '고요한
속삭임'이라고 생각하라.

태어난 그 날부터 지금까지 매일 3만 5000번씩 '하
아—싸아' 소리를 내면서도 그걸 전혀 모르고 있었다는
사실이 신기하지 않은가? 어쨌거나 이제라도 알게 되었
으니 필요할 때마다 고요한 속삭임에 접속할 수 있을 것
이다. 게다가 호흡은 저절로 일어나는 일이니 특별히 수
고를 기울일 필요도 없다.

【Exercise 14】 머리 속에 울리는 위로의 소리

편안하게 앉아서 세 번의 심호흡을 한다.

평소처럼 호흡하면서 숨을 들이쉴 때 나는
'하아' 소리를 주의 깊게 듣는다.

숨을 내쉬면서 '싸아' 소리를 듣는다.

호흡에 계속 정신을 집중한 채, 조용하고 차분하게
머리 속에 울리는 위로의 소리를 듣는다.

몇 분 지난 후, 숨소리가 머리 속의 다른 어떤
소리보다 긴장 해소 효과가 크다는 사실을 관찰한다.

이 세 가지 호흡 훈련을 통해 우리는 새로운 단계의 평
온함에 이를 수 있게 된다. 마음에 드는 훈련법을 계속

연습하면 평화로움이 더 깊이 스며들고 오랫동안 지속될 것이다.

이제 평화로움을 만끽하라. 외출할 때도 평화와 함께 가라. 세탁소에 갈 때도, 도서관에 갈 때도, 피자를 먹으러 갈 때도 함께 가라. 그 안에 자신감과 인생에 대한 적극성의 씨앗이 들어 있다.

언어로 집중점 찾기

언젠가 어머니는 내게 '평온의 기도' 라는 글이 새겨진 작은 카드를 건네 주시면서, 화가 날 때 이 기도문을 읽으면 마음이 가라앉을 거라고 말씀하셨다.

하느님, 내가 고칠 수 없는 일이라면
평온하게 받아들일 수 있게 해 주소서.
고칠 수 있는 것이라면 용기를,
고칠 수 있고 없음을 분별할 수 있는 지혜를 주소서.

그 무렵 나는 어머니와 가급적 분란을 일으키지 않으려고 애쓰고 있었다. 그래서 일단 그 카드를 받아 지갑에 넣어 두었다가 다음 날 쓰레기통에 던져 버렸다. 나는 다른 사람에게서 이래라 저래라 지시 받는 것을 가장 싫어한다.

여러분도 종교적인 분위기 속에서 어린 시절을 보낸 적이 있을 것이다. 카톨릭이나 힌두교는 특별한 종류의 묵주나 염주를 만지면서 정해진 기도문을 암송한다. 유대교나 불교는 경전에 있는 기도문을 읊는다. 어린 시절에 어떤 종교를 경험했건, 또 그에 대한 기억이 어찌 됐든 간에, 기도문을 읊는 일은 긴장 해소의 효과를 줄 수 있다. 우리가 예전에 즐겁게 기도를 했다면 그 일을 통해 어떤 신비적인 경험에 이를 수도 있다.

하지만 나처럼 똑같은 기도문을 반복해서 읊는 일을 싫어한 사람이라면 그것이 고행처럼 여겨졌을 것이다. 그런 사람은 지금 당장 이 글 말미로 가거나 아예 이 부분을 건너뛰고 다음 글부터 읽기를 권한다.

당신이 즐거운 마음으로 계속해서 읊조릴 수 있는 말
은 무엇인가? 어떤 말이 당신에게 기쁨과 용기를 주는
가? 어떤 말이 당신의 삶에 지혜를 주는가? 어린 시절에
배운 기도문인가?

나는 '성 프란체스코의 기도'를 자주 떠올린다.

주여, 나를 당신의 평화의 도구로 써 주소서.

미움이 있는 곳에 사랑을 심게 하소서.

상처가 있는 곳에 용서를

의심이 있는 곳에 믿음을

절망이 있는 곳에 희망을

어둠이 있는 곳에 빛을

슬픔이 있는 곳에 기쁨을 주게 하소서.

오 거룩한 주여,

위로받기보다는 위로하고

이해받기보다는 이해하고

사랑받기보다는 사랑하게 하소서.

우리는 줌으로써 받고

용서함으로써 용서받으며

죽음으로써 영원한 생명을 얻기 때문입니다.

좋아하는 시를 읊을 수도 있다. "잠들기 전에 가야 할 먼 길이 남아 있다"는 구절이 반복되면서 끝나는 로버트 프로스트의 '눈 오는 날 숲에 멈추어 서서'와 같은 시도 좋다. 노래를 좋아한다면 좋아하는 노래 가사를 읊조릴 수도 있다. 시나 노래를 집중점으로 사용할 때는 우리를 감동시키는 것을 선택해야 한다. 그런 다음 그것이 우리 마음에 일으키는 움직임을 관찰해 본다.

여기서 다시 한 번 기억할 것은 내 취향과 여러분의 취향이 같지 않다는 점이다. 그러므로 내가 제시한 사례가 마음에 들지 않는다고 해서 외면하지 않기를 바란다. 앞에 나온 예문은 내가 좋아하는 시일 뿐이다. 각자 자신의 영혼을 움직이는 것을 선택해서 연습하면 된다.

언제, 어디서,
어떻게

지금까지 긴장 해소 훈련을 해야 하는 이유와 훈련 방법에 대해 알아보았다. 이제는 훈련을 얼마나 해야 하는지, 어디에서 어떻게 해야 하는지 생각해 보자. 훈련은 생각보다 지루하지 않다. 일상 생활에 불편을 주지도 않는다. 실제로 한 가지 혹은 몇 가지 마음에 드는 훈련을 꾸준히 해도 생활에 아무런 지장이 없다.

얼 마 나 연 습 해 야 하 나 ?

아침에 5분, 저녁에 5분이면 된다. 한 번에 5분씩 하루에 두 번 연습해서 카네기 홀 무대에 설 수 있다고 말하는 음악 교사는 없다. 또 이 정도 연습량으로 메이저리그에 갈 수 있다고 말하는 야구 코치도 없을 것이다. 그러나 마음을 가라앉히고 그것을 통해 인생을 변화시키는데는 이 정도 시간이면 충분하다.

내가 긴장 해소에 관한 책을 처음 읽기 시작했을 때, 나는 하루에 한 시간씩 연습하지 않으면 아무런 성과도 거둘 수 없다는 말에 질겁했다. 그래서 곧바로 책을 덮고 말았다. 나는 그 책이 잘못돼 있다는 것을 나중에야 깨달았다. 초보자였던 내게는 그런 훈련이 맞지 않았던 것이다.

처음 훈련을 시작했을 때는 아침에 5분, 저녁에 5분을 목표로 삼았지만 그것조차 깜박할 때가 많았다. 그러다 차츰 습관이 되어 지금은 아침저녁으로 거의 거르지 않는다. 때로는 시간을 잊고 평소보다 오래 연습하기도 하고 때로는 아주 짧게 끝내기도 한다. 중요한 것은 얼마나 오래 하느냐가 아니라 얼마만큼 꾸준히 규칙적으로 하느냐이다.

규칙적인 연습은 놀라운 성과를 가져다 준다. 이것은 테니스를 치면서 얻은 교훈이다. 내 테니스 실력은 별로다. 그러나 그냥 테니스 치는 게 좋아서 실력에 상관없이 계속 테니스장에 다닌다. 한 경기씩 뛸 때마다 햇빛, 신선한 공기, 운동 등 많은 즐거움을 얻는다. 이런 즐거움을 얻기 위해 윔블던 대회에 나갈 필요는 없다. 나는 그저 몇 번씩 공을 네트 위로 넘기기만 하면 된다.

긴장 해소도 마찬가지다. 내가 선택한 집중점에 몇 초 동안 마음을 모으고 훈련을 시작하면 곧 기분이 좋아지기 시작한다.

아침에 5분, 저녁에 5분씩 규칙적으로 긴장 해소 훈련을 하면 먼저 기분이 변화하고, 나중에는 훈련 시간을 늘리고 싶다는 생각을 하게 된다. 물론 시간을 늘리면 더 좋겠지만, 일단은 한 번에 5분 정도의 훈련을 계획하라. 특히 아침에 일어나자마자, 그러니까 마음에 다른 생각이 밀려들기 전에, 그리고 밤에 잠들기 직전에 하는 것이 좋다. 스스로 차분히 다스려 놓고 하루를 시작하면 그 날 하루 겪게 될 혼란과 긴장을 수월하게 이겨낼 수 있다. 그리고 하루를 마감하면서 마음을 다스리는 것은 평화로운 숙면으로 이끌어 준다.

어디서 연습해야 하나?

어디든 편안한 곳에서 연습하면 된다. 거실도 좋고 곁방도 좋다. 아니면 마당의 나무 밑에서 해도 상관없다. 훈련 장소를 따로 정해 두는 것도 좋다. 방 전체를 다 쓰면 좋겠지만, 한쪽 구석만 써도 상관없다. 다른 용도로는 도무지 쓸 수 없는 좁은 공간도 괜찮다.

어느 정도 시간이 지나면 훈련 장소를 장식하고 싶어지기도 한다. 특별한 의자나 쿠션, 매트, 패드 등을 준비할 수도 있겠지만, 축구 경기를 보거나 수를 놓을 때 앉는 의자를 그대로 사용해도 훈련에는 전혀 지장이 없다. 중요한 것은 편안함이다.

양초나 그림, 꽃 또는 촉각 훈련에 쓸 물건을 가까이 두면 편리하다. 집중점으로 사용할 물건을 결정하지 못했다면 산에서 주워온 돌멩이나 나뭇가지 또는 바닷가에서 주워온 조개 껍데기도 좋다. 그런 사물을 통해 그것을 발견한 장소를 다시 떠올릴 수 있을 것이다.

어떻게 연습해야 하나?

먼저 세 번의 심호흡을 한다.

고요한 기운이 느껴지면 숫자를 거꾸로 세거나, 바닷가에 가 있는 상상을 하거나, 오감에 집중하거나, 좋아하는 시를 읊는 등 좀 더 긴 시간이 필요한 훈련으로 넘어간다. 들숨과 날숨에 집중하면서 숨소리에 귀를 기울이는 것도 좋다.

소음이 들려도 거기에 휘둘리지 않도록 한다. 거실에서 호흡 훈련을 할 때 밖에서 오토바이 소리가 나면 자칫 생각이 꼬리에 꼬리를 물게 된다. '어떤 오토바이일까? 누구일까'? 어디로 가는 걸까? 옆집 청년이로군. 아침 식사를 하러 식당에 가는 모양이네. 그곳 케이크는 정말 맛있지. 나도 먹고 싶은걸……' 그러다 보면 몸은 거실에 있지만 마음은 정처 없이 멀리 떠나 버린다.

그러므로 소음에 정신을 빼앗겨서는 안 된다. 그 소리가 그냥 집 앞을, 그리고 우리 마음을 지나치게 내버려 두라. 그런 다음 다시 숨쉬는 일로 돌아온다. 다시 말해서 정신이 다른 데 팔렸다는 걸 깨달으면 즉시 본래의 연습으로 돌아가야 한다.

소음은 내면에서도 찾아온다. 특히 끈질긴 의문에 휩싸이면 더욱 그렇다. 우리 마음에 '내일 그 사람과 함께 저녁을 먹어야 하나?' 라는 질문이 들어서면 얼른 대답을 해주고 본래의 연습으로 돌아간다. 마음이 그 질문에 매달려 어느 쪽이 더 좋은지 이리저리 생각하지 않도록 해야 한다.

마음 속 소음에 저항해서 다시 집중 상태로 돌아가는 것은 아주 중요한 일이다. 이 연습을 얼마 동안 계속하면 질문이 일어나자마자 바로 답을 함으로써, 질문 속에서 더 이상 헤매지 않게 될 것이다.

아무 때나 연습하고 싶으면 어떻게 하나?

무슨 걱정인가? 그렇게 하라. 아침저녁으로 연습하라는 것은 일정한 시간을 정해 두고 규칙적으로 훈련하면서 그 결과를 관찰해 보라는 뜻이다. 결과가 좋으면 한낮이나 해질녘에도 연습할 수 있고, 아니면 생각날 때마다 연습할 수도 있다. 연습하고 싶을 때까지 연습하라. 그리고 또 연습하라.

나는 뉴욕의 광고 회사에 다니던 시절에 책상 앞에 앉아 호흡 훈련을 했다. 상사 두 사람이 나를 미치게 했지만, 나는 호흡 훈련을 통해 곧바로 평정을 되찾을 수 있었다.

당신도 할 수 있다. 책상 앞에 앉아서 30초 동안 콧구멍을 드나드는 공기에 정신을 집중한다. 다른 일을 모두 잊고 오직 호흡에만 신경을 쓴다. 이 방법은 틀에 박힌 일상에 찌들어 있는 당신에게 휴식을 주고, 마음을 깨끗이 청소해 준다.

어느 날 나는 아주 까다로운 고객을 만나기 직전에 상

사에게 이렇게 말했다.

"화장실 좀 다녀와야겠는데요."

나는 화장실 변기에 앉아 바닷가 여행을 떠올렸다. 파도를 바라보고, 햇빛을 느끼고, 갈매기 소리를 듣고, 바다 냄새를 맡았다. 그리고 아주 상쾌한 기분으로 돌아왔다.

물론 잠시 바닷가로 나들이를 떠난다 해도 사무실로 돌아오면 모든 것이 조금 전과 다름없이 엉망진창일 것이다. 하지만 나는 달라져 있다. 똑같은 상황을 다른 시각으로 보게 된다. 내 마음이 좀 더 평온해짐으로써 다른 사람들의 감정에 휘둘리지 않기 때문이다.

긴장 해소 훈련이 확고히 일상 생활의 일부분으로 자리잡으면, 화장실뿐만 아니라 자동차도 훌륭한 훈련 장소가 된다. 자동차 키가 자신을 성공으로 이끌어 주는 열쇠라고 생각하라. 시동을 걸기 전에 잊지 말고 세 번의 심호흡을 한다. 그리고 자동차를 세우고 시동을 끈 후에도 세 번의 심호흡을 한다. 어떤 사람들은 자동차 키에 호흡 훈련을 연상시키는 붉은 점이나 금색 별 스티커를

붙여 놓기도 한다.

  그런 짧은 순간이 결국 우리의 운전 습관을 고쳐놓는다. 짜증스런 출근길에 들어설 때도, 지옥 같은 도로를 빠져 나온 다음에도 피로에 시달리지 않을 것이다. 우리를 둘러싼 상황을 여유 있게 받아들이고, 미소 지으며 귀가할 것이다.

  긴장 해소 훈련의 기회는 무궁무진하다. 예를 들어 명함 뒤쪽이나 종이 조각에 '호흡하라'고 써 두는 방법도 생각할 수 있다. 이런 '호흡 카드'를 지갑이나 핸드백, 외투 주머니나 바지 주머니에 넣어 두고 다닌다. 그러다 문득 그 카드가 손에 잡힐 때마다 세 번의 심호흡을 한다.

  여러 가지 방법을 이용해서 시시때때로 스트레스를 풀어주자. 스트레스는 주전자 속의 뜨거운 수증기처럼 이따금 방출시켜 줘야 한다. 그러므로 정신적인 압박감이 커지면 곧바로 긴장 해소 훈련으로 풀어낸다. 사람과 달리 주전자는 스스로 그런 선택을 할 수 없기 때문에 수증기가 가득 차면 요란스럽게 울어댈 수밖에 없다.

여기서 소개한 긴장 해소 방법을 단 2분만이라도 연습한다면 우리는 부드럽게 스트레스의 열기를 몸 밖으로 내보낼 수 있다. 그러므로 책상 앞에 앉아 있거나 화장실에 갈 때, 또는 슈퍼마켓에 갈 때나 운전을 할 때 틈틈이 2분 훈련을 하자. 좀 더 차분하고 편안한 사람으로 바뀌게 될 것이다.

긴장 해소 방법은 버스 정류장에서도 쓸 수 있고 식당에서도 쓸 수 있다. 아침에 공사로 길이 막혔을 때도, 탑승한 비행기의 착륙 장치가 끔찍한 소음을 낼 때도 유용하게 활용할 수 있다. 이것은 스트레스가 가득한 환경을 피하지 않으면서도 스트레스를 날려 버리는 방법이다.

의자에 기대어 앉아 세 번의 심호흡을 한다.

왼손을 아랫배에 대고 오른손을 왼손 위에 댄다.

숨을 들이쉬고 내쉬며

아랫배가 오르락내리락하는 것을 느낀다.

몇 차례 숨을 더 쉬고 눈을 감는다.

제3부   더욱 더 깊은 곳으로 명상(冥想)

호흡할 때마다 공기가 처음으로 닿는

코 내부의 지점에 주의를 기울인다.

계속 그 지점에 집중한 채 몇 차례 더 숨을 쉰다.

이제는 숨을 따라간다. 숨을 들이쉬면서

콧속으로 들어오는 공기를 느끼고,

그 모습을 마음의 눈으로 그려본다.

숨이 콧구멍을 지나 머리 꼭대기로 올라갔다가

아랫배까지 수직으로 내려가는 것을 느낀다.

아랫배가 조용히 부풀어오르는 것을 느낀다.

숨을 내쉬면서 숨이 머리 꼭대기로 올라갔다가

콧구멍으로 빠져나가는 것을 느낀다.

아랫배가 조용히 꺼지는 것을 느낀다.

숨을 들이쉬어 몸의 중심 부분으로 보낸다.

숨을 내쉬어 몸의 중심에서 콧구멍으로 내보낸다.

또 다른
길

　몇 년 전에 나는 육식을 그만두었다. 어떤 스승의 충고를 쫓아서도 아니고, 돼지나 소를 불쌍히 여겨서도, 이 세상의 식량 공급 체계를 바로 세우기 위해서도 아니다. 내가 육식을 그만둔 이유는 그냥 그렇게 하는 것이 내 육체 건강에 도움이 되기 때문이다. 나는 더 나은 삶을 살고 싶었다. 날마다 더 나은 삶을 사는 것, 그것이 내가 긴장 해소 훈련을 하는 이유이기도 하다.

　내가 육식을 그만둔다고 했을 때 친구 한 명이 자신은 붉은 고기를 먹지 않는다고 했다. 그래서 내가 채식주의자냐고 물었더니 그가 이렇게 대답했다.

"무슨 소리. 핏기가 있는 고기는 안 먹는다는 뜻이야. 나는 언제나 고기를 바짝 구워 먹거든."

그 날 나는 어떤 말이 실제로는 어떤 의미를 지니고 있는지 정확히 이해하는 게 중요하다는 걸 깨달았다. 내 친구도 붉은 고기를 피했고 나 또한 그랬지만, 우리가 같은 길에 서 있는 건 아니다. 물론 둘 다 먹을 것과 관련된 길이긴 하지만.

긴장 해소도 마찬가지다. 가령 바이오피드백을 사용하는 두 친구가 있다고 하자. 그러나 실제로 바이오피드백이 무엇이고 왜 그것을 하는지 물어보았을 때, 한 친구는 뇌파 패턴이나 심장 박동 수를 변화시켜 스트레스를 관리한다고 하는 반면, 다른 친구는 자신만의 평정 기법이라고 말한다. 그렇다면 당신은 어떤가?

이 책의 1부에 소개된 긴장 해소 방법을 연습했다면 당신은 스트레스 관리가 어떤 것인지 알았을 터이다. 2부에 나오는 집중점 찾기도 탐사했다면, 마음에 할 일을 마련해 줌으로써 평정을 얻는 일도 이해했을 것이다.

따라서 당신은 친구들에게 이렇게 대답할 수 있다.

"그래, 나도 알아. 나는 그걸 긴장 해소라고 부르지."

그렇다면 세 사람은 '마음 다스리기'라는 부엌에 모여 앉아서 서로 다른 요리법으로 '긴장 해소'를 만들겠다고 말하는 셈이다.

긴장 해소의 길에는 서로 다른 용어와 견해가 존재한다. 하지만 그런 것의 소유권을 주장할 필요는 없다. 흔히 종교계에서 "내가 믿는 신만이 유일한 신"이라고 주장하는 것처럼, 긴장 해소와 관련해서도 "내 방식대로 하지 않으면 제대로 하는 게 아니다"라는 주장이 많다. 하지만 그런 독단적인 주장을 펴는 사람에게서도 얼마든지 유용한 기법들을 배울 수 있다. 다만 그러기 위해서는 먼저 열린 마음과 이해심을 가져야 한다.

이런 이야기를 장황하게 늘어놓는 것은 지금부터 1부, 2부와는 또 다른 길을 걸어가야 하기 때문이다. 이제 우리는 긴장 해소의 길에 더 깊이 들어가서 새로운 모험을 시작하려고 한다. 이른바 심화 훈련이다. 의학 박사 딘 오니시는 베스트셀러가 된 그의 책 《먹으면서 체중 줄이기》에서 그것을 '명상'이라고 부르면서 일곱 가지 이유를 들면서 권장하고 있다.

첫째, 명상은 집중력을 높여 준다.

둘째, 명상은 주변에서 일어나는 일에 대한 지각력을 높여 준다.

셋째, 명상은 우리 내면에서 일어나는 일에 대한 각성의 수준을 높여 준다.

넷째, 명상은 마음을 고요하게 해 주고 '우리 내면에 있는 평화와 기쁨과 양생(養生)의 원천'을 경험하게 해 준다.

다섯째, 명상은 자신을 좀 더 뚜렷하게 볼 수 있게 해 준다.

여섯째, 명상은 우리를 현재의 순간으로 이끌고 와서

우리에게 새로운 존재 방식을 경험하게 해 준다.

일곱째, 명상은 우리에게 직접적인 초월의 경험을 안겨 준다. 초월은 고립의 문제를 해결하는 가장 강력한 방편이다.

이런 영역을 향상시키고 싶은가? 그렇다면, 명상이라는 것에 아무런 흥미가 느껴지지 않는다 해도, 심호흡을 한 번 하고 계속 책을 읽어 보라. 우리의 솥은 온갖 가능성들로 끓고 있다.

명상,
영혼의 양식

우리는 지금까지 마음을 가라앉히는 일과 긴장 해소에 대해서 이야기했다. 그것을 딘 오니시는 명상이라는 용어로 표현했다. 둘의 차이는 무엇인가? 지금부터 그것을 알아볼 것이다. 먼저 2부의 마지막을 돌이켜보자.

집중점 훈련을 통해 평정과 평온함을 얻은 뒤에도 계속 연습을 해야 하는가? 그렇다. 연습을 중단하면 그 동안의 성과가 모두 사라지고, 우리는 금세 불 위에 놓인 주전자처럼 뜨거운 수증기가 끓어오르는 것을 느끼게 될 것이다. 그러나 연습을 계속하면 우리 마음은 고요해지

고, 마음이 몰두할 수 있는 뭔가를 안겨 주어야 할 필요
성도 줄어든다.

연습에 어느 정도 탄력이 붙으면 집중점을 만들지 않
고도 고요히 앉아 있을 수 있다. 앞으로의 일에 긴장하지
않고, 현재의 일에 일희일비하지 않고 명상의 문턱을 넘
어서서 멋진 일을 경험할 수 있다. 하지만 내 말을 무작
정 받아들이는 것보다는 스스로 직접 체험해보는 것이
좋다. 경험보다 좋은 선생은 없으니까.

세계적인 신화 학자 조지프 캠벨은 '존귀한 힘을 믿느
냐'는 질문에 이렇게 대답했다.

"나는 믿을 필요가 없습니다. 경험하고 사니까요."

집중점 훈련 단계를 넘어서면 아무것도 하지 않아도
되는 단계에 이른다. 아무것도 하지 않는다는 것은 우리
마음에 어떤 종류의 과제도 주지 않는다는 뜻이다. 아무
것도 생각하지 않는 일은 많은 연습이 필요하지만, 누구
나 할 수 있다. 그리고 거기서 더 멀리까지도 갈 수 있다.

오니시는 더 멀리 나가는 일을 '영혼의 양식'이라고

표현한다. 그에 따르면, 오늘날에는 명상이 스트레스를 줄이는 목적으로 쓰이지만, 고대의 현인들은 다른 목적으로 명상을 했다. 그것은 바로 사람들에게 직접적인 초월의 경험을 안겨 주었다.

"그런 맥락에서 명상은 영혼의 양식이다. 그것은 음식만으로는 채워지지 않는 허기를 충족시켜 준다. 우리가 인생의 충만함을 직접 경험한다면 그 허기를 음식으로 채울 필요가 없다."

명상은 생각과 생각 사이에 일어나는 일이다. 또 호흡과 호흡 사이, 들숨과 날숨 사이, 아무 일도 없는 짧은 순간, 들숨도 없고, 날숨도 없고, 생각도 없는 찰나에 일어나는 일이다.

이제 우리는 그 짧은 순간을 늘려나갈 것이다. 우리 마음에 아무 일도 일어나지 않는 편안한 시간을 확장할 것이다. 이상하게 들리겠지만, 그것을 하는 방법은 아무것도 하지 않는 것이다. 그렇다면 무엇 때문에 그걸 해야 하는지 묻고 싶을 것이다. 그 순간이 바로 우리의 진정한 실체로 넘어가는 문턱이기 때문이다.

그 문턱을 넘으면 적어도 두 가지 일이 일어난다. 하나는 우리가 온 세상과 연결되어 있다는 유대감을 자각하는 것이고, 또 하나는 이 세상에 존재하는 자아의 진정한 의미를 발견하는 것이다. 이 두 가지 경험이 모여 자기 발견, 자아 실현을 이룬다.

좀 더 깊이 이해하기 위해 숲 속을 산책하거나 정원을 가꾸는 일로 돌아가 보자. 우리가 그런 일에 깊이 몰두할 수 있는 이유 가운데 하나는 그것을 통해 자연과 연결되어 있다는 유대감을 느끼기 때문이다. 명상을 통해 우리는 그러한 느낌을 지구를 감쌀 만큼 크게 키워낼 수 있다. 아메리카 원주민들이 말하듯이, 지구는 숨을 내뿜기도 하고 삼키기도 하면서 생명을 영위하는 유기체다. 인간도 역시 숨을 쉬며 살아 있는 유기체이고 지구에 생명을 부지하고 살기 때문에, 우리는 충분히 지구와 유대감을 느낄 수 있다.

　나는 도시 한복판에 있는 집에서보다는 숲에 있을 때
그런 유대감을 훨씬 더 실감한다. 하지만 어디에 있건 상
관없이 명상을 통해 그런 기분을 만끽할 수 있다. 내 중
심으로 들어가서 Exercise 15에서처럼 아무것도 하지 않
으면 된다. 이 훈련에는 집중점이 없다. 이것은 내면과
관계된 훈련이므로 눈에 띄는 변화는 기대하기 어렵다.

【Exercise 15】 더욱 깊은 곳으로

의자에 기대 앉아 세 번의 심호흡을 한다.

왼손을 아랫배에 대고 오른손을 왼손 위에 댄다.
숨을 들이쉬고 내쉬며
아랫배가 오르락내리락하는 것을 느낀다.

몇 차례 숨을 더 쉬고 눈을 감는다.

호흡할 때마다 공기가 처음으로 닿는
코 내부의 지점에 주의를 기울인다.
계속 그 곳에 집중한 채 몇 차례 더 숨을 쉰다.

이제는 숨을 따라간다. 숨을 들이쉬면서
콧속으로 들어오는 공기를 느끼고,
그 모습을 마음의 눈으로 그려 본다.
숨이 콧구멍을 지나 머리 꼭대기로 올라갔다가
아랫배까지 수직으로 내려가는 것을 느낀다.
아랫배가 조용히 부풀어오르는 것을 느낀다.

숨을 내쉬면서 숨이 머리 꼭대기로 올라갔다가
콧구멍으로 빠져 나가는 것을 느낀다.
아랫배가 조용히 꺼지는 것을 느낀다.

숨을 들이쉬어 몸의 중심 부분으로 보낸다.

숨을 내쉬어 몸의 중심에서 콧구멍으로 내보낸다.

몇 차례 숨을 더 쉰다.

천천히 숨을 계속 쉬면서
아랫배의 움직임을 느끼고 그 느낌을 본다.

몇 차례 숨을 더 쉰다.

이제 숨에 대한 집중을 거두고
아랫배의 오르내림을 느끼면서 그 느낌을 본다.

몇 차례 숨을 더 쉰다.

이제는 아랫배의 오르내림에 대한 집중을 거두고
몸의 중심을 느끼면서 그 느낌을 본다.

몇 차례 숨을 더 쉰다.

마지막으로 모든 관심을 그 중심으로 내려보낸다.
머리 속에서 아랫배를 내려다보는 게 아니라,
가상의 엘리베이터를 타고 '아래로' 버튼을 누른 뒤
몸과 마음 전체가 손바닥이 놓여 있는 중심으로
내려간다. 그곳을 내려다보는 게 아니라
그곳에 존재하는 것이다.
숨을 쉬면서 그곳에 존재한다.
그러면서 자신에게 일어나는 변화를 살펴본다.

계속해서 숨을 쉰다.
중심에서 일어나는 내적 떨림을 느끼도록 노력한다.
이러한 떨림은 매우 미묘하게 일어난다.

명상은 세상과 깊은 유대감을 느끼게 해 준다. 눈을 감
고 자신에게 말을 건네면서 연습해 보자.

세상과
하나 되는 나

앞에서 배운 것을 상기해 보면, 명상의 첫 번째 약속은 우주와의 유대감을 갖게 해 주는 것이다. 그것은 외로움을 몰아낸다.

당신은 이 세상에 완전히 홀로 남은 듯한 기분을 느껴 본 적이 있는가? 다음 설명에서 느껴지는 정서가 당신의 감정과 비슷한지 살펴보라.

"고립감, 외로움은 한 번도 나를 떠난 적이 없었고 지금도 마찬가지다. 그것은 내 인생을 관통하는 반복적인 주제다. 나는 어머니와 사이가 좋았지만, 그렇다고 외롭지 않은 것은 아니었다.

외로움은 내적인 상태다…….

지금 나는 예쁜 세 딸과 착한 두 아들이 있고, 멋지고 섹시한 남편이 있다. 하지만 내면 깊은 곳에서 나는 여전히 지독하게 외롭다."

이 글은 다이애나 로스가 자서전 《참새의 비밀》에서 밝힌 내용이다. 다이애나 로스는 미국에서 가장 부유하고 재능 있고 아름다운 여성 중 한 명이다. 그런 그녀도 지독한 외로움을 느낀다는데, 하물며 우리는 어떻겠는가?

나도 때로 깊은 외로움을 느낀다. 물론 나는 사랑하는 아내가 있고, 부모님이 다 살아 계시고, 친구들도 많다. 그런데도 이따금 내게는 아주 고통스런 공허감이 찾아온다. 내가 이 세상에 속해 있는 것 같지 않다는 느낌이다. 내 마음 아주 깊은 곳에서는 내 아내도 진정한 만족감을 주지 못한다. 그것은 부모님이나 친구들도 마찬가지다.

직장도, 은행 계좌도, 새 차도, 지난 주에 구입한 멋진 재킷도 만족감을 주지 못하는 건 한가지다. 그 재킷은 구입할 때 무척이나 훌륭했고, 그 후 몇 번 입을 때도 계속 그 느낌을 유지했다. 하지만 얼마 지나지 않아 아름다운 재킷의 자랑스런 주인이라는 사실이 내가 사회의 귀중한 일원임을 느끼게 하는데 별로 도움이 되지 않았다. 새 차도 그랬다. 처음 몇 주 동안은 만족감을 주었지만 곧 사라졌다.

그러면 어떻게 해야 할까? 일주일에 한 번씩 새 재킷을 사고, 한 달에 한 번씩 차를 바꿔야 할까? 그리고 5년이나 10년에 한 번씩 아내를 바꾼다?

직장에서 승진을 해도 만족감은 순식간에 지나간다. 그러고 나면 CEO가 되는 순간까지 계속해서 더 많은 승진을 바랄 테고, CEO가 되면 더 큰 회사의 CEO 자리를 탐낼 것이다.

이런 식으로 '더 많은' '더 큰' '더 좋은' '더 새로운'을 추구하는 것은 마치 강아지가 자기 꼬리를 쫓는 격이다. 얼마나 많은 직장과 자동차와 아내를 바꾼 뒤에야 내 인생이 잘못되었다는 것을 깨달을 것인가? 모든 것을 해봐도 근원적인 공허감은 채워지지 않는다.

어떻게 해야 내 인생을 제자리로 되돌릴 것인가? 간단하다. 명상을 하면서 내면의 근원을 찾아가는 것이다. 결국 내게 필요한 것을 외부에서 찾을 수 없다면 내부에서 찾을 수밖에 없다.

명상을 통해 우리는 생각을 뛰어넘는다. 우리는 다른 어떤 것, 즉 우리 내부에 기거하는 실체를 느낀다. 이 느낌은 우리 존재의 모든 세포에서 일어나는 일종의 깨달음이다. 이러한 깨달음은 그다지 감격적이지도 않고 속도도 극히 더딜지 모르지만, 어쨌거나 우리가 생각하지 못한 방식으로 다가온다. 명상을 통해 우리는 그것을 알게 된다.

내가 생각의 틈으로 스르르 미끄러져 들어가고 내 존재의 중심으로 내려가자 곧바로 그런 일이 일어났다. 몇 주간의 훈련 끝에 나는 근원적인 화합의 떨림을 발견했다. 근원적인 외로움이 아니라, 세상 모든 것과 화합을 이룬 느낌이었다. 세상 모든 것과의 화합, 이것은 결코 과장이 아니다.

이러한 떨림은 표현이 곤란하기 때문에 개념적으로 설명하겠다. 양자 역학에서는 우리 몸 속 원자들 사이의 공간은 태양계 행성들 사이의 공간과 같은 '물질(stuff)'로 구성되어 있다고 말한다. 은하계 사이의 공간도 마찬가지다. 우주 공간은 똑같은 물질로 구성되어 있다. 명상을 할 때 느껴지는 떨림을 통해 나는 내가 우주와 똑같은 물질로 만들어졌다는 사실을 다시 한 번 확인한다. 숲 속에서 자연과 유대감을 느꼈던 것처럼 나는 세상 모든 존재와 유대감을 느낄 수 있다. 그것은 우주의 모든 사물과 하나가 된 합일감이다.

물질이라는 개념을 어떻게 해석할지는 각자의 몫이다. 종교를 가진 사람들은 그것을 신이라고 말할 것이다. 신비주의자나 영적 수행자들은 우주에 우리의 일부를 이루는 영혼이 있다고 말한다.

20세기 초 '신사고 운동'을 이끌던 저술가 월러스 워틀스는 이렇게 썼다.

"이 세상에는 모든 것의 재료가 되는 생각의 물질이 있다. 그 물질은 우주의 공간에 스며들어 우주를 채운다."

우주의 모든 에너지는 동일하다. 그것에 이름을 붙이는 것은 각자의 자유다. '하느님'이라 해도 좋고 '물질'이라 해도 좋다. 꼭 종교를 가져야 에너지의 존재를 발견하는 것은 아니다. 필요한 것은 명상뿐이다. 자기 존재의 중심으로 내려가서 앞으로의 일에 아무런 기대도 하지 않고, 현재의 일에 아무런 비판도 하지 않고 그냥 거기 있는 것이다. 그냥 떨림을 느끼면서 우리에게 일어나고 있는 일을 받아들이는 것이다.

존재의 이유를
찾아서

  앞의 글은 여러분에게 미상불 어렵고 무겁게 느껴질
수 있다. 조금 어려운 것도 사실이다. 하지만 그것 때문
에 낙심하지 않기를 바란다. 에너지나 떨림 같은 이야기
가 해괴한 장광설(長廣舌)로 여겨진다면 그냥 덮어 두
었다가 6개월이나 1년 후에 다시 펼쳐 보라. 앞에서 소개
한 긴장 해소 훈련을 어느 정도 하고 나면 전과는 다른
느낌으로 다가올 것이다. 그때까지는 데시카차르의 이
말을 기억하라.
  "명상의 최종 목적은 언제나 사물을 정확하게 관찰하

는 것이다. 그것은 인생에 명료함과 연민을 더해 준다."

명상을 하면 우리는 이 세상과 유대감을 느끼게 될 뿐만 아니라, 우리의 오랜 질문, '이 세상에서 내 위치는 어디인가'에 대한 답도 얻을 수 있다.

인생의 어느 순간에 우리는 이런 의문을 품는다.

"나는 내 인생에서 무엇을 해야 하는가?"

아메리카 원주민들은 그 답을 얻기 위해 여행을 떠나고, 수도승들은 몇 날 며칠을 기도하고, 어떤 사람들은 심리 치료사에게 돈을 바친다. 하지만 이젠 그럴 필요가 없다. 명상이 그 질문에 대한 해답을 제공한다. 우리는 그 대답을 듣기만 하면 된다.

마음의 준비가 되었으면 Exercise 15로 돌아가서 내부의 변화를 관찰해 보라.

명상을 하다 보면, 우리는 우리가 아닌 것에 비로소 유념하게 된다. 앞에서 언급했듯이 우리의 마음은 우리가 아니다. 우리의 직업 또한 우리가 아니다. 우리는 우리의 직업을 수행할 뿐이다. 우리의 집, 우리의 배우자, 우리의 자녀 역시 마찬가지로 존재들이다. 물론 우리는 그들을 사랑하고 때로는 훈장처럼 자랑스럽게 가슴에 달고 다닐 수도 있지만, 어쨌거나 그들이 우리 자신은 아니다.

명상은 한 발짝 뒤로 물러나서 인생의 그런 요소들을 TV를 보듯 초연하게 바라볼 수 있게 해 준다. 명상이 우리 인생에 새로운 시각을 제공해 주는 것이다.

또 명상을 통해 우리가 우주의 일부라는 느낌을 갖는다면 '이제 충분하다'는 만족감이 따라온다. 예전의 나처럼 더 좋은 직장, 자동차, 재킷에 눈 돌리는 일이 더는 없어진다. 세상에 얼마 없는 것을 차지하려고 경쟁하는 대신 세상에 가득한 것에 감사하면서 이 세상이 우리가 만족하고도 남을 수준이라는 걸 깨닫게 된다.

이 모든 것이 지금 이 순간에도 우리를 기다리고 있다. 그러니 마음의 준비가 되었다면 언제든지 명상을 시작하라.

인생이
곧 명상이다

식사를 놓친 경험이 있는가? 너무 바쁘거나 집에 늦게 들어가서 식사를 못한 경우를 말하는 것이 아니다. 가족이나 친구들과 함께 식탁 앞에 앉은 채 식사를 놓친 적이 있느냐는 얘기다.

내게는 그런 경험이 있다. 맛을 본 것은 오직 첫 숟가락뿐, 그 후로 내 마음은 사방팔방으로 뛰어다녔다. 내 마음이 말했다. '너는 먹어라. 나는 생각을 하겠다.' 그렇게 잠시 시간이 흐르자 어느덧 접시가 비워져 있었다. 나는 음식에 아무런 관심도 기울이지 않았고, 한 끼의 음식이 허공에 흩어졌다.

그런 흩어짐을 막기 위해 사람들은 감사 기도를 하고 먹기 시작 한다. 딘 오니시는 그것을 가리켜 '식사 명상'이라고 부른다.

그는 이렇게 말했다.

"선(禪)의 세계에 전해지는 격언이 있다. '한 가지 행함 속에 모든 행함이 있다.' 식사를 허겁지겁 하면, 인생도 허겁지겁 살게 된다. 그러나 식사에 관심을 집중하면, 인생도 더 큰 깨달음 속에서 살게 된다. 이런 맥락에서 보면 명상이 식사의 경험을 고양시켜 준다기 보다는, 관심을 집중하는 식사 자체가 명상의 한 형태다."

이 외에도 우리가 관심을 기울이지 않아 놓쳐 버리는 일상의 경험이 얼마나 많을 것인가? 정신을 집중해서 접근하면 그것들도 명상의 일환이 된다. 실제로 인생 자체가 하나의 명상이다. 아니, 유일한 명상이다. 그것은 우리가 곁에 있건 없건 현재형으로 일어나고 있다.

존 레논은 이렇게 노래했다.

"인생은 우리가 다른 계획을 꾸리느라 바쁠 때 우리에게 일어나는 일이다."

지금 이 순간에 관심을 기울이는 명상은 생각과 생각 사이에서 일어난다. 바로 그 순간에 우리는 지금 일어나는 일을 인식한다. 그 밖의 순간에도 생각은 하지만, 거기에는 아무런 관심도 집중되지 않는다.

내가 생각을 할 때 나는 현재의 순간에 있지 않다. 나는 내 인생을 살지 않는다. 나는 과거를 살거나 미래를 산다. 그러나 지금 순간에 관심을 기울일 때는 어제 일어난 일은 중요하지 않다. 중요한 것은 현재의 순간뿐이다. 시시각각 이어지는 현재의 순간뿐이다.

우리의 과제는 지금 이 순간의 인생을 사는 것이다. 인생은 거듭된다고 믿는 사람도 있겠지만, 그렇다 하더라도 지금의 인생이 유일한 인생인 것처럼 살아야 한다.

불교에서 말하는 정념(正念, mindfulness, 깨어 있는 마음)도 관심 부족의 치료법이 될 수 있다. 정념의 상태에 이르면, 우리가 하는 모든 일에서 의미를 찾을 수 있다.

언제나 전심을 기울여 일을 하기 때문이다. 정념 상태에 이르려면 그저 우리가 하는 일이 무엇이든 그것에 정신을 집중하면 된다. 숲을 산책한다면 도착 지점을 생각하지 말고 그저 산책만 하라. 어린아이의 마음으로 꽃과 단풍잎, 작은 곤충들을 바라보며 경이로움을 체험하라.

정념과 같은 상태에 이르려면 지금 이 순간에 관심을 기울이는 훈련을 하는 것이 최선이다. 긴장 해소 훈련은 자연스럽게 명상 훈련으로 이어질 것이다. 그러므로 아침이 되면, 세상의 혼란이 밀어닥치기 전에 관심 기울이기 훈련을 하라. 아침의 훈련이 그 날 하루의 리허설이라고 생각하라.

그러다 보면 우리는 곧 세상 한복판에서도 명상 훈련을 할 수 있게 될 것이다. 배우자나 상사 또는 친구가 말을 걸면, 우리는 흔히 대답부터 궁리한다. 그리고 그가 잠깐 말을 멈추면 그 틈을 타서 재빨리 내 이야기를 하려고 벼른다. 하지만 그런 유혹을 참고 견디어내라. 그러면서 상대의 이야기를 끝까지 듣고, 그런 다음에 자신의 대답을 궁리해 보라. 이런 일도 지금의 순간에 주의를 기울이는 훈련이 될 수 있다.

그렇다 하더라도 갑자기 말수가 줄어들어 상대에게 무심해졌다는 오해를 받을까 걱정된다면, 크리슈나무르티의 이 말을 기억하라.

"명상은 세상에서 도피하는 것이 아니다. 그것은 자기를 가두는 고립의 행위가 아니라, 이 세상과 그 법칙을 이해하는 것이다."

기원전 6세기, 중국의 도가 수행자들도 이런 현상에 대해 언급했다. 그들의 가르침에 따르면, 이 세상에는 보이지도 않고 설명할 수도 없는 도(道)가 존재하는데, 우리의 과업은 바로 그 도와 조화를 이루는 것이다.

그러나 보이지도 않고 설명할 수도 없는 것과 어떻게 조화를 이룬단 말인가? 여기서 다시 한 번 같은 대답이 나온다. 관심을 기울이라는 것이다. 세상에 정신을 집중하면 우리는 생명체뿐만 아니라 모든 무생물에서도 어떤 박동을 느끼게 된다.

자동차나 재봉틀 같은 기계를 예로 들어보자. 처음에는 내가 기계를 움직인다고 생각하지만, 실제로는 나와 기계가 파트너십을 이루어 움직이는 것이다. 기계의 사용법을 익히고자 할 때는 주로 매뉴얼을 보지만, 사실 가장 좋은 스승은 기계 자체다. 기계의 부품 하나하나는 비록 조립 라인에서 만들어져 다른 수천 개의 부품과 똑같은 모습을 갖고 있다 해도 고유한 에너지와 특성을 지니고 있다. 우리가 기계에 깊은 관심을 기울이면 기계는 자신이 어떻게 움직이는지, 그리고 어떻게 사용되기를 바라는지 우리에게 설명해 준다.

우리가 기계에 우리의 뜻을 강제하려고 할 수도 있다. 하지만 그 결과는 별로 만족스럽지 않을 것이다. 운전할 때 긴장을 풀고 자연스럽게 차를 움직인다면, 우리는 곧 자동차와 조화를 이룰 것이다. 반대로 우리가 원하는 방식으로 강제하려 한다면, 그야말로 강물을 떠미는 것처럼 결과는 참담할 것이다. 재봉틀도 마찬가지다.

기계가 클수록 이 사실은 더욱 분명해진다. 승용차가 아니라 대형 트레일러를 운전한다고 생각해 보라. 내가 그 차와 화합을 이루지 못한다면 과연 '통제력'을 발휘할 수 있을까? 또 어마어마한 무한 궤도 트랙터나 4층 건물 높이의 크레인을 조작한다면 어떨까? 그런 기계들에 내 뜻과 방식을 강제하는 것이 현명한 일일까? 아니면 그 기계들과 동등한 파트너가 되어 협력하는 것이 더 좋을까?

무생물처럼 보이지만 그렇지 않은 또 하나의 예가 바로 집이다. 스티븐 킹의 소설에 나오는, 귀신들이 출몰하고 침입자들을 삼켜 버리는 그런 집을 말하는 게 아니다. 그냥 우리가 사는 평범한 집을 말한다.

나는 결혼하고 처음 살림을 시작한 집에서 어떤 박동을 느꼈다. 우리는 입주 전에 집을 리모델링했다. 리모델링을 해 본 사람은 알겠지만, 어떤 부분은 작업이 잘 진행되는 반면 어떤 부분은 아주 간단한 수리인데도 아무

이유 없이 지연되곤 했다. 우리는 그 집이 고유의 생명뿐만 아니라 자체의 의지도 갖고 있는 게 아닌가 하는 생각이 들었다. 우리가 일의 진행 속도를 우리 생각에 맞추어 서두르거나 늦추려는 생각을 버리고, 집이 원하는 방식대로 구조를 바꾸겠다고 결정을 내린 뒤에야 우리는 두통에서 벗어날 수 있었다.

내 인생도 마찬가지였다. 내 뜻대로 상황을 움직이려고 하면 일은 전혀 진척되지 않거나 처음 계획보다 훨씬 오랜 시간이 걸렸다.

우리가 주변 환경에 촉수를 예민하게 세우고 있으면, 삶이 전해 주는 자연스런 리듬을 느끼게 된다. 그러나 주변에서 일어나는 일에 관심을 기울이지 않으면, 문설주에 부딪히고 자동차 범퍼에 부딪히듯이 인생에도 부딪히게 된다. 강물을 밀어 내려는 바보 같은 짓을 멈추어라. 주변에 관심을 기울이면, 인생 자체가 한결 수월해진다.

우리는 사고와 행동의 합작품이다. 오늘의 우리는 어제 우리가 한 행동의 결과이기 때문이다. 그와 마찬가지로 미래의 우리는 우리가 현재 하는 사고의 결과다. 우리가 궁극적으로 생각하는 것이 미래의 행동을 결정짓는다. 그러므로 우리는 생각하고… 행동하고… 그 결과로 변화한다.

그러므로 우리가 인생에서 어떤 큰 변화를 이루고자 한다면, 우리의 사고를 변화시켜야 한다. 우리의 사고가 부정적일 때는 긍정적인 행동을 하는 것이 원하는 결과를 얻을 수 있는 가장 쉬운 방법이다. 문제를 우회하는 것처럼 보일지 모르지만, 그 과정과 결과를 지켜보면 확인할 수 있다. 자신에 대한 생각이 부정적이라서 자긍심을 키우고 싶다면, 자신에 대한 존경심(긍정적 생각)을 키울 수 있는 방식으로 행동해야 한다(긍정적 행동).

우리의 미래에 크나큰 영향을 미치는 긍정적인 행동 가운데 한 가지는 바로 긴장 해소 훈련이다. 이것은 머지않아 우리를 명상으로 인도해 줄 것이다. 마음을 다스리

는 데 성공하면 고요한 마음, 평온함, 내적 평화 같은 것
이 우리를 사로잡을 것이다. 그런 마음의 틀을 갖추면 내
적으로는 충족감을, 외적으로는 이 세상과의 유대감을
느낀다. 그리고 이것은 긍정적인 행동으로 연결되어 새
로운 나를 만든다.

꼭 기억해두자!

명상과 긴장 해소 방법을 혼동하지 말자.
숫자를 거꾸로 세는 것과 촛불을 바라보는 것은
긴장 해소 방법이다.
명상은 숨과 숨 사이에 일어나는 일이다.
그것은 방법의 단계를 넘어 생각에서 벗어날 때
일어난다.
명상은 순간에 관심을 기울일 때 일어난다.
인생 자체가 명상이다. 좋은 날도, 나쁜 날도

모두 우리 인생이다.

그러므로 모든 순간에 충실해야 한다.

오늘 하루 미치고 팔짝 뛸 듯한 시간을 보냈다 해도,

내일은 마음의 평화를 누릴 수 있다.

나는 좀 더 평화롭고 즐거운 인생을 위한 계획과 청사진을 이제 다 털어놓았다. 여행의 첫머리에서 약속했듯이, 나는 우리가 함께 내디딘 이 첫걸음이 당신에게 좀 더 편안한 삶을 가져다 주기를 희망한다.

세 번의 심호흡이 마음을 다스리는 데 도움이 되듯이, 조금 복잡해 보이는 훈련들도 분명히 당신의 인생에 도움이 될 것이다.

나마스테… 당신의 영혼을 존경합니다!

고정아

1967년 태어나 연세대 영어영문학과를 졸업했다.
옮긴 책으로《술, 전쟁 같은 사랑의 기록》《사람의 마음을 움직여라》
《세계를 변화시킨 기업 33》《열세 살의 논리여행》등이 있다.

집중력을 키워주는 세 번의 호흡
마음의 평화

1판 1쇄 | 2005년 1월 10일

지은이 | 프레드 L. 밀러
옮긴이 | 고정아
펴낸이 | 엄건용
펴낸곳 | 나무처럼
출판등록 | 2004년 6월 8일 (제313-2004-000145)

주소 | 서울시 마포구 서교동 377-13 성은빌딩 301호(121-839)
전화 | 02)337-7253
팩스 | 02)337-7230

ⓒ 나무처럼, 2005

ISBN 89-955427-1-3 03840

* 책값은 뒤표지에 있습니다.
* 잘못 만들어진 책은 교환해드립니다.